AF290397

Kristjan Knall

NO G20!

Der Schwarze Block schlägt zurück

C. M. Brendle Verlag

Sie werden kein Schauspiel sehen.
Ihre Schaulust wird nicht befriedigt werden.
Sie werden kein Spiel sehen.
Hier wird nicht gespielt werden.
Heute ist Realität.

»Publikumsbeschimpfung«, Peter Handke, 1966

Kapitel

Intro

Eigentlich sollte das hier keiner lesen. Und ich sollte es nicht schreiben. Eigentlich hätte Hamburg nicht brennen sollen und eigentlich sollten täglich nicht 40.000 Kinder sterben. Doch es ist so.

Es gibt eben genügend von euch, die trotz systematischer Ausbeutung und Selbstausbeutung noch Zeit zum Lesen haben. Und es noch können. Ihr seid die letzten Reste der »Bildungsexpansion«, wie es die CDU abfällig bezeichnet. Und ihr langweilt euch. Oder vielleicht lest ihr das hier auch aus Hass, weil ihr einer linken Zecke ins Gehirn schauen wollt, bevor ihr das nächste Mal einen Stiefel reinrammt. Ihr seid alle willkommen, obwohl ihr rechten Arschlöcher wahrscheinlich nicht viel hier herausziehen werdet, da ihr Idioten seid. Vielleicht seid ihr aber auch Voyeuristen. Vielleicht wollt ihr sehen, wie es sich so lebt, im schwarzen Block. Vielleicht merkt ihr, dass euer Leben nicht erträglich spannend ist, dass man eigentlich nicht viel ändern müsste, aber ihr habt Angst. Blanke, nackte Angst. Das Schöne in einer Demokratie und am Individualismus ist, dass man ein ängstlicher kleiner Scheißer sein kann, und sich dabei wohlfühlen.

Man kann sich prima damit arrangieren, dass täglich haufenweise Kinder sterben. Sind ja nur Neger. Vor allem aber NIMBY: Not in my backyard. Vor allen Dingen nicht von der G20 beschlossen, die 85 % des weltweiten Kapitals ausmacht. Die ihr mitzuverantworten habt, da ihr bestimmt eine der beiden hirnrissigen Volksparteien gewählt habt, ihr Sackgesichter.

Ihr merkt schon, ich bin nicht hier, um mir Freunde zu machen. Ich will eine bessere Welt für alle, aber auf alle, die das nicht wollen, scheiße ich, kreuzweise. Ich bin kein Politiker, zum Glück für euch. Sonst wärt ihr schon lange im Gulag. Trotzdem will ich eine bessere Gesellschaft, einfach nur, damit Leute, die es schlechter haben als ich, so was Ähnliches wie ein Leben führen können. Dann gibt es weniger Gewalt, Hass und weniger so Typen wie mich. Solange wir aber auf Kosten anderer leben, bin ich genau das, was ihr verdient habt. Ich bin euer ganz persönlicher Albtraum. Dieses Mal war ich in Hamburg, aber das nächste Mal schlage ich bei euch die tot sanierte Fußgängerzone kurz und klein.

Vor der Schanze

Ich sitze bei meinem Anwalt. Nein, nicht bei meinem Strafrechtler, den haben wir zusammen bei der Roten Hilfe.[i] Ich bin geschäftlich hier. Denn ja, ich habe einen Job. Nicht vom Stuhl fallen bitte. Und ja, ich hasse den wie die Pest. Aber solange das Kapital uns und wir uns gegenseitig zum Arbeiten zwingen, müssen die Brötchen irgendwie rangeschafft werden. Wahrscheinlich verdiene ich sogar um einiges mehr als ihr. Wenn man clever genug ist, ein ungerechtes System zu durchschauen, kann man es auch ausnehmen. Ihr merkt, meine einzige Schwäche ist meine Bescheidenheit.

Draußen ist es brüllend heiß, ein Gewitter will sich entladen, es kommt aber nur impotentes Grollen raus. Das Fenster blickt auf eine Straße mit Kopfsteinpflaster; wie ein Friedhof nach einem Erdbeben. Wir sind mitten in dem, was vor zehn Jahren noch Elendsbezirk hieß, heute Investitionsmöglichkeit. Eine Türkenmutti mit einem Arsch wie zwei Heißluftballons läuft mit ihrer Division von Kindern, die Krieg spielen, vorbei, die Schreie hallen vorbei an gärenden Kackhaufen, einem gammelnden Autowrack und meinem überhitzen Gehirn. Es ist kein Mensch, es ist kein Tier, es ist ein Panzergrenadier – oder der Untergang des Abendlandes, weil wir zu blöde sind, unser HUMANKAPITAL zu fördern.

Mein Anwalt redet. Ich stimme zu. Wir sind wie auf Speed. Die meisten sind schon im Feierabend. Wir schwitzen wie die Schweine, die wir sind. Wir machen Kriegspläne; wenn alles gut läuft richten wir auf der Gegenseite maximalen Schaden an. Verbrannte Erde als Geschäftsziel. Willkommen im Kapitalismus.

Er isst Kekse. Ich trinke Tee. Schwarz, ohne alles, denn ich will keinen Insulinabfall. Mir dämmert, dass ich meine Kraft heute noch brauchen werde. Bis eben wollte ich ein Wochenende so verbringen, wie es ein guter Kapitalist tut: mit dem Gesicht unten scheintot auf der Matratze. Dann kam die SMS.

Natürlich arbeite ich viel. Zu viel. Selbst zu viel um mich zu organisieren. Man ist ja nicht mehr im Studium, kein Teenager mehr. Und so whatsappe ich während des Gesprächs mit Leuten, die spontan nach Hamburg fahren. In 30 Minuten? Schaffe ich nicht. WhatsApp benutzen wir, weil es damals fast sicher war. Noch, bis der Stasiminister Maas seine nächste Grundrechtskastration durchhat. Auch, weil einige zu blöd sind, Signal runterzuladen, Snowdens heiße Empfehlung, oder sich gleich den Smartphones verweigern. Normale SMS sind zwar so einsehbar, als würde man sich die Nachrichten auf den blanken Arsch ritzen und die Fußgängerzone herunterrobben, aber kein Smartphone zu haben, ist ein unschlagbarer Vorteil. Denn kein Smartphone heißt keine Null-SMS. Auf dem Nokia 3210 eines Kumpels kommt am Nachmittag eine fast leere Nachricht an. Es sind noch ein paar Vierecke drin. Auf Handysprache heißt das: »Ich bin um einiges zu alt, um zu verstehen, worum es hier geht.« So wie dein Dorfdeppengroßvater, wenn du ihm was vom Störfalllimbo in Atomkraftwerken erzählen willst. Vom Geflügeldumping der EU in Afrika. Von Weichmachern im Plastik. Nur der Absender gibt den Hinweis: 1234567. Nur einer hat die Kraft, Zahlen zu definieren. Der Gleiche, der den ach so freien Markt definiert. Der, den wir kontrollieren sollten, aber der uns kontrolliert: der Souverän. Der Staat. Die Leute, die wir gewählt haben, und die sich jetzt einen Scheiß um uns kümmern. Die, die über die Stasi schimpfen und unsere gesamte Kommunikation abhören. Die dir ins Gesicht lügen, dass der Abhörskandal beendet ist, dass die Mautdaten natürlich nur für die Maut verwendet werden, und dass das Grundgesetz auf keinen Fall verbogen und geschändet wird, bis Simbabwe sich davon eine Raubkopie für den Eigengebrauch macht. Die schicken eine Null-SMS zur Funkzellenortung. Auf modernen Telefonen sieht man die nicht. Mit dem alten Handy schon. Deswegen ist das 3210 unter Autonomen und Drogendealern der letzte Schrei. Es ist nicht hundertprozentig sicher, aber besser als deine in einer dunklen Zelle verhallenden Schreie.

Ich wippe mit dem Bein. Ich hasse es, wenn ich das tue, es ist ein Zeichen von Schwäche. Wie trommeln auf dem Tisch im Wartezimmer oder »Scheißewasisndasschonwieder«-Brummeln zu sich selbst. Buddha, der defätistische Sack, sagte in einem der wenigen lichten Momente: Wenn du ein Problem hast, löse es, wenn du das nicht kannst, vergiss es. Sonst riet er Leichtgläubigen meistens dazu, jeden Dreck zu erdulden, der ihnen in die Fresse geschaufelt wurde.[1] Die Nachricht kommt, wir treffen uns in 45 Minuten am anderen Ende der Stadt.

Endlich, wir sind durch. Ein fester Händedruck, so wie echte Geschäftsmänner das machen. Ab auf das Fahrrad, denn ja, so was fährt man, wenn man was im Leben schaffen will. Mitten durch den Verliererstau. Menschen, die die Umwelt ficken, um länger zu brauchen und sich mehr zu stressen, weil sie ihren fetten Arsch nicht hochbekommen. Wenn ich denen das Auto abbrennen würde, dann wären die glücklicher, gesünder und würden was gebacken kriegen, außer die nächste Deadline. Aber wer bin ich schon, denen was vorzuschreiben? Es ist ihr gutes Recht die Umwelt zu zerstören, besonders als Deutsche!

Einer hupt, er kriegt den Mittelfinger, er schreit, er würde mich umbringen. Würde er wohl auch. Das ist normal auf den Straßen, fast schon guter Ton. Aber eine Straße blockieren? Das ist Vaterlandsverrat! Am Haus das Rad schnell an der triefenden Regenrinne angeschlossen, der Anzug wird in die Ecke geworfen, 50 Sekunden kalt geduscht, und schon knallt die Tür hinter mir zu. Als Salonkommunist darfst du faul sein. Als Hippie verbesserst du die Welt durch entspanntes Versagen. Als Autonomer brauchst du mehr Disziplin und Effizienz als jeder Bundeswehroffizier.

---

1   Seine jetzigen Anhänger wie der burmesische Mönch Ashin Wirathu sagte auf die Vorwürfe, dass muslimische Rohingafrauen vergewaltigt wurden: „Unmöglich, sie sind zu abstoßend." Yuval Noah Harari, 21 Lessons For The 21st Century. Vintage, 20118, 83,23 %

Na klar kann man mit den vorher organisierten Bussen hinfahren. Schön mit Zügen zusammen mit Hunderten anderer bunter Weltverbesserer. Man kann sich dann mit denen über die Projekte unterhalten und wie sie, natürlich schön verkleidet, lustige Plakate hochhalten. Man kann ihre selbst gemachten Portemonnaies bestaunen, ihre Diskussionen mit dem Schaffner, wie viele Leute denn nun auf ein Wochenend-Ticket kommen, mit anhören und sehen, dass sie was Gutes tun und eine ganz tolle Zeit haben. Im Klartext: Man kann im Strahl kotzen, bis der Enddarm hochkommt.

Wir fahren in kleinen Gruppen, zu zweit, zu fünft maximal. Wir haben keine lustigen Plakate dabei. Alles, was wir haben, ist das Nötigste. Wechselwäsche, bunt, schwarz. Einen dünnen Schlafsack, der in jeden Rucksack passt, unauffällig, Bargeld, keinen Pass, ein Handy, das man in den (leider nur fast) unortbaren Zombiemodus versetzen kann: Akku raus. Vor allen Dingen träumen wir nicht von einer besseren Welt. Wir träumen davon, den Schuldigen eins auf die Fresse zu geben. Wieso sollte man lustige Plakate machen? Hat die Französische Revolution mit Witzen gewonnen? Wurde die Russische durch einen satirischen Text ausgelöst? Werden sterbende Kindersoldaten in Zentralafrika durch Lachen satt? Der Einzige, der immer wieder lacht, ist Trump. Er lacht mit Merkel, Erdogan, Putin. Er lacht auf Bergen von Leichen. Wir lachen nicht, wir wollen die letzten Lebenden auf dem Gipfel sein.

Im ganz normalen Fernbus ist man durch nichts zu unterscheiden von gewöhnlichen Touristen. Eine Freundin und ich, wir kaufen extra bunte Cocktails in Flaschen und Bier. Wir sind gute deutsche Kapitalisten. Die, die nichts mehr wollen und trotzdem alles zu verlieren haben. Wer früh aufgibt, kann der deutschesten aller Tugenden frönen: anderen beim Verlieren zugucken.

Nemesis

Ihre Nemesis verfolgt sie, wenige Kilometer hinter ihnen auf der Autobahn. Die Nemesis ist groß, blond, blauäugig, so, wie es sich gehört. Sie sächselt, das unterdrückt sie vehement, außer, wenn sie zu Hause ist, in Sachsen, wo es am schönsten ist. Sie unterdrückt es, außer wenn es Kameraderie bedeutet, Lokalpatriotismus, Vorteil.

Die Nemesis trägt Bürstenschnitt, sie schwitzt schon leicht im Kragen. Der Helm liegt zu den Füßen, die schwere gepanzerte Uniform drückt auf den Brustkorb.

»Für den Schutz von Polizeibeamten der Bereitschaftspolizeien der Länder haben wir einen leichten Schnittschutz entwickelt, der sowohl gegenüber Messer- als auch Beiß-Attacken schützt. Der Aufbau ist geprüft nach EN 388 und erfüllt hinsichtlich der Schnittfestigkeit wie auch der Durchstichkraft die Leistungsstufe 4–5. Die Durchstichfestigkeit gem. EN 863 entspricht der Klasse 6. Der Aufbau ist leicht (0,83 kg/m²) und flexibel. Er kommt aktuell als Langarmshirt mit partiellem Schutz als auch Blousonjacke mit erhöhter Schutzfläche zum Einsatz. Diese Art des Schnittschutzes hat sich bereits in der Praxis bewährt und wird speziell im Bereich der Rückführungen von straffälligen Flüchtlingen wie auch in Gefängnissen eingesetzt.

359,00 EUR«[ii]

Dazu trägt er ein »Kinn- und Mundschutz COP® 600N Einheitsgröße, Farbe: Mattschwarz Material: hochverdichtetes Polyethylen Mundschutz wie bei BFE/USK und anderen Polizeieinheiten. Hervorragende Dämpfungs- und Schutzfunkion.

16,99 EUR«

In seiner Tasche hat er für alle Fälle die »NIK-Tran-Zport-Hood-Schutzhaube«. Das unersetzliche Hilfsmittel beim Gefangenentransport. Insbesondere bei Gefangenen mit ansteckenden Krankheiten oder beim Transport/Abschiebung von Personen, die spucken, beißen usw. [sic!] Der untere Teil der Maske ist aus dem antibakteriellen Material hergestellt, das normalerweise für Chirurgenmasken verwendet wird. Es reduziert erheblich das Risiko von Infektionen durch Blut oder über die Luft übertragene Bakterien, gleichzeitig wird die Atmung der Transportperson nicht beeinträchtigt.

Die Maske reduziert im Vergleich mit anderen Hilfsmitteln erheblich das Risiko von Verletzungen oder anderen Risiken für die zu transportierende Person.

35,00 EUR«

Was man nicht alles für die Straftäter tun muss. Wenn es nach ihm ginge, könnte er den guten alten Kartoffelsack nehmen.

Gegen den Eier- und Arschtritt trägt er den »Oberschenkel-/Hüft-/Tiefschutz Hatch EXO Oberschenkel-/Hüft-/Tiefschutz Oberschenkel, Hüft-, Tief- und Steißbeinschutz Hartkunststoffschale mit Schockabsorber aus Schaum. Gewicht: ca. 1,2 kg

129,99 EUR«

Zu seinen Füßen liegt der »Ballistische Schutzhelm MICH. Die Weiterentwicklung des PASGT-Helms. (US-Schutzklasse IIIA) ohne Visier – 9 x 19 Vollmantel (124 grain, 441 m/s) – .44 Magnum SWC

399,99 EUR«

Hier kümmert man sich noch um MICH.

An den Füßen trägt er die »MAGNUM® STEALTH FORCE 8.0 CT CP S3-Sicherheitsstiefel MAGNUM® STEALTH FORCE 8.0 CT CP, Art.-Nr. 87800039, Größe EU**, Farbe: Schwarz, Größen: EU 35-39 und 41–49 (US 4–7 und 8–16) Gewicht 1 Stiefel in Gr. 43: 706 g, Schafthöhe Gr. 44: 24 cm,

Obermaterial: Leder

169,99 EUR«

Er fährt sanft am Schaft des »EKA Defense Adapter Defense Adapter für EKA-Teleskopschlagstock Art.-Nr.: 0411801-AD« entlang. Mit dem Defense Adapter kann der EKA zu einem sog. EMS leicht (umgangssprachlich auch ‚Teufelskralle‘ genannt) umgebaut werden.

29,90 EUR«

Für die Frechen trägt er die »Handfessel SAFARILAND 2054 matt vernickelt, mit Gelenk-Stahlhandfessel mit Gelenk, vernickelt, größerer Durchmesser, Gewicht: ca. 325 g, Umfang: min. 158 mm bis max. 232 mm.

89,99 EUR«

Für die Renitenten hält er eine besondere Überraschung bereit, den »TW 1000 OC Gigant-Handsprüher 400 ml, starker Pfeffersprayer; Großdose für mehrfachen Gebrauch. Bis zu 4 m Reichweite, starker Nebel-Pfefferstrahl, ideal für Großeinsätze, z. B. *[sic]* zu

47,90 EUR«

Dazu, als kleines Geschenk an ihn selbst, die »Pfefferspray-Pistole Jet Protector JPX Kaufen *[sic]*. Die jetzt auch in Deutschland frei verkäufliche Pfefferspraypistole zur, ha, »Tierabwehr (Made in Switzerland) - - - Reichweite bis zu 7 Meter

– höchste Treffsicherheit

– Erwerb und Führen ohne Bewilligung

– International im Behördeneinsatz

Dank des speziellen Systems bleibt kein Reizstoff im Gerät zurück, so dass *[sic]* für Sie keine Gefahr beim Austausch des

Magazins oder der Verwahrung etc. der Pfefferspraypistole besteht.

189,90 EUR«

Da haben Sie es fast ein wenig übertrieben, kein Reizstoff bleibt zurück? Das können sie bei den Molotowcocktails der Autonomen disclaimen. Beamte haben ihre Ausrüstung im Griff.

Damit die Nägel hübsch bleiben, wird er die »Defender-Schlagschutzhandschuhe Plus« tragen. Sie »sind taktische Einsatzhandschuhe, die mit einer Spezialfüllung aus Quarzsand gefüllt sind.

Diese Füllung schützt vor Verletzungen. Die Defender Plus haben zusätzlich eine schnitthemmende Einlage aus Kevlar und bieten somit doppelten Schutz.

Gewicht: je nach Größe: ca. 350 g.

89,00 EUR«

Über ihm hängt eines der taktischen Schutzschilde. »Unsere ballistischen Schutzschilde sind Standard bei vielen Sondereinheiten von POLIZEI oder Militär im In- und Ausland. Die Schilde sind in unterschiedlichen ballistischen Ausführungen erhältlich z. B. der Schutzklassen US IIIA, III[iii] oder IV. Klein und leicht für Dynamic Entry (US level 3 6 kg!! *[sic!]*)

2750,00 EUR«

Sein Handy steckt in einer dicken kunstholzlaminierten Schutzhülle. Auf dem Bildschirmhintergrund ein breit lächelndes strohblondes Mädchen. In einem Dorf hinter den sieben Bergen sitzt eine Peggy oder Nancy, oder wenn es perfekt läuft nur eine Sarah, die die Nemesis liebt. Die in diesem Moment im Nagelstudio ist, um den Gedanken zu vertreiben, dass Hamburg die Nemesis heimsuchen wird. Sie hat Angst um sie, so, wie es damals Gerdas gab, die Angst um ihre Söhne in der NVA hatten, und Sieglindes, die um ihre SS-Männer in Sobibor bangten. Die Liebe ist universal, sie ist das Einzige, was zählt. Jemand, der geliebt wird, kann kein schlechter Mensch sein, dachte auch die benzin-triefende Eva braun, bevor ihr Liebster das Streichholz zündete.

Die Nemesis hat einen Namen, sie heißt Dirk.

Dirk hätte dir nicht sagen können, wieso der Drogenhandel ins BIP gerechnet wird, oder warum die progressive Besteuerung ihn immer noch mit einer Frau in einem Rattenloch von 1,5 Zimmern und 45 m² fest sitzen ließ. Die Renaissance ist für ihn ein einziges Theater, kritische Theorie ein Buch mit sieben Siegeln aus der Lobby der Weltverschwörung. Er hasst. Er will einfach nur, was er will. Blut.

Die verdammten Kühe, die einfach auf der Weide vögeln. Tiere, kein Anstand, kein Bewusstsein, wie gemacht für ein Steak. Ihm wird fast schlecht vor Wut auf diese Salatschwestern, die Hühnchenversteher, diese linksgrünversifften Genderschlampen. Die seiner kleinen Tochter, der süßesten der Welt, die kein Stammhalter ist, aber immerhin, beibringen würde, dass alles fickt. Schon in Kinderjahren. Alles und jeden. Es gibt keine Geschlechter mehr, sexuell bist du ein Hühnchen, wenn du es nur willst. Was für ein himmelschreiender Unsinn? Wieso bekommen nicht gleich alle Aids oder Ebola? Hätte sich so die menschliche Rasse fortgepflanzt? Was hätten unsere Ur-ur-ur-urgroßväter, die Germanen, die die Römer und die Slaven vertrieben, getan, wenn man ihnen vorgeschlagen hätte, an ihrer Poperze herumzuspielen, weil wir alle doch »bi« sind? Erschlagen hätten die einen. Und das ist auch gut so.

Es tut ihm im Herzen weh, selbst so emotional isoliert, wie er jetzt in der Bustoilette ist, nachdem er ein Monster von Line wegruppt. Das Beste, was die Asservatenkammer zu bieten hat. Macht die Nase taub, das Hirn, die Fäuste. Er würde die Quarzhandschuhe nicht mal anziehen müssen. Er will die Knochen brechen spüren.

In diesem Moment überholt sein dunkelgrüner fahrender Ausnahmezustand den schreiend froschgrünen Zivilistenfernbus. Für einen kurzen Moment sitzen ich, Maria und Dirk auf der gleichen Höhe. Einer dieser Momente, den niemand wahrnimmt, weil das Leben kein Roman ist, sondern eine nicht enden wollende Reihung verpasster Gelegenheiten.

Stell dir vor, mit diesen Zecken rumzuasseln. In einem stinkenden Flixbus, vollgepisste Toiletten, filzige Rastazöpfe. Die Musik. Schamloser Dreck, das, was Tausende kellergebleichte Kunststudentenwürstchen mögen, Reggae, Dubstep, ach so ironischen Hip-Hop von »DJ Hodenkrebs« oder, noch schlimmer, »Djane Ich-menstruiere-offensiv-aus-politischen-Gründen«.

Kein Wunder, dass die Jugend verblödet. Im Grunde ist das Propaganda. Ganz niederschwellige Propaganda für das Kleinhirn, eine Verblödung, eine Verweichlichung, Verschwulung. Die Bösen Onkelz, das war noch Musik. Frei, wild. Techno, wieso nicht, wenn man richtig abgehen will, einfach mal Techno. Das kann richtig schön ballern, dazu kann man richtig schön ballern. Aber dieses Kranke, zwanghaft nicht den Takt treffen wollende intellektuelle Gefitzel? Ich verwette meinen Arsch darauf, dass das Hirntumore erzeugt. So groß wie Fäuste. Geschieht ihnen recht. Seine Faust bekommen Sie auf jeden Fall.

Vielleicht fliege ich auf, dann bin ich am Arsch. Beamtenabfindung am Arsch. Nicht am Arsch wie du, du Penner, du sitzt da in deiner Wohnung und liest ein Buch wie eine Fotze.

Das hier ist nicht das Märchenlummerland in deiner gutmenschenverseuchten, hinterhofverkeimten Drecksstadt. Wo dir deine Eltern die Eigentumswohnung bezahlen und ein Studium in Pferdewissenschaften finanzieren. Das hier ist das richtige Leben, wo richtige Männer richtigen Schwuchteln richtig die Fresse polieren. Wo es richtiges Leid gibt, weil richtiges Geld für die falschen Leute ausgegeben wird. Für überstudierte Nichtsnutze, für faule Ausländer, für raffgierige Rothschilds. Na klar, du kannst jetzt so tun, als wärst du sicher. Als gäbe es mich nicht. Aber komm mal mit deinem Antifa-T-Shirt oder auch schon mit deinen gefärbten Haaren, oder deiner schwuchteligen Brille nachts nach Altenburg, im schönen Thüringen. Komm mal. Steig mal am Bahnhof aus, lauf mal 50 m und guck mal. Ich wette, dann lachst du nicht mehr. Sieht nämlich ohne Zähne scheiße aus.

Du bist hier, in meinem Land. Du hast keine Wahl. Du bist auf dem Weg in meine Zukunft.

Ich werde nichts lernen.

Ich werde nicht wachsen.

Ich bin voll geformt.

Komm schon.

Komm mit mir.

Sex on the Beach ohne Sex und Beach

Was ist Romantik, außer gemeinsam die Hoffnung zu verlieren? Es gab in den Industrieländern seit der Weltwirtschaftskrise der 1930er keine Generation, deren ökonomische Aussichten so miserabel waren.[iii] Ein Polizeibus mit dreißig Schinkenfressen zieht vorbei. Die meisten sehen aus wie der verregnete Jahrhundertnichtsommer, manche starren leer, einer grinst irre. Unheimlich.

Die Cocktails schmecken so künstlich wie die Welt, in der wir leben. Zuckerersatzstoffe wie Lebensersatztätigkeiten. Künstliche Aromen wie künstliche Befriedigungen. Ein fiebriger, ungesunder Rausch wie bei der nächsten Beförderung, dem neuen Auto oder was ihr in eurem Kakerlakenleben eben als Erfolg verbucht. »Blue Bird« ohne Kokosnuss. »Mojito« ohne Minze. »Sex on the Beach« ohne Sex und Beach. Es fehlt immer der Kern, das Eigentliche. Wir saufen uns unauffällig dumm.

Haben wir deswegen keinen Spaß? Überhaupt nicht. Es geht uns prima. Wir sehen fickende Kühe auf der Weide. Wir machen Witze über den arabischen Gesang hinter uns im Bus. Allah muss uns nicht mögen, der Staat muss uns nicht mögen, niemand muss uns mögen. Die RAF hätte auf Facebook auch nicht viele Likes gehabt. Aber wenn man schon mit einer Faust in der Fresse rechnet oder mit der Zeit im Loch, dann wird das Leben echter. Dann schmeckt selbst ein grässlicher Flaschencocktail wie Urlaub. Dann sieht selbst das durchgeplante, verödete Norddeutschland aus wie eine ernst gemeinte Landschaft. Dann denkt man endlich weiter als bis zum nächsten Abgabetermin.

Es regnet, als würde die Welt untergehen. Wir sind dabei. Ein Typ auf dem Nebensitz hat Baggy Pants an, so 90er. So alt wie wir, der könnte auch dabei sein. Aber er hat einen Teint wie ein U-Bahn-Durchgang und in etwa auch die gleiche Vertrauenswürdigkeit. Hinter ihm ein alternder Möchtegernrocker mit Lichtgeschwindigkeitssonnenbrille. U-Bahn-Boy holt einen

Fünfhunderter raus und zieht von seiner »Easy Credit«-Karte Schore. Seine Augen werden glasig, als er das erblickt, was er für das Paradies hält. Marx konnte vor Geschwüren weder stehen noch sitzen und hat sich in zwei Dekaden trotzdem das Kapital rausgeprügelt. Der Typ hier könnte alles und schafft nichts. Macht kaputt, was euch kaputt macht.

Um Kraft zu schöpfen, muss ich schlafen, um zu schlafen, lese ich, ein kleiner Burn-out für das Workaholic-Gehirn. »Homo Deus« von Yuval Noah Harari: Facebook kennt uns bei 10 Likes nach einem Ankreuztest besser als unsere Bekannten, nach 100 besser als unsere Familie, nach 300 besser als unser Partner. Der EMI-Roboter komponiert in Blindtests bachscher als Bach (ja, die Zuschauer waren erbost!).[iv] Auch Google analysiert bestimmt nur unsere Suchergebnisse und nicht unsere E-Mails und weiß schon eine Woche vor den Ärzten, dass eine Grippewelle eintritt.[v] Algorithmen übernehmen die Macht, verdammte Scheiße. Die kennen uns besser als wir selbst, und das bedeutet … ratz.

Das war der Freitag, an dem mir der Kragen platzte. Wir kommen in Hamburg an, obwohl das Faschistenpack im Senat offensichtlich versucht, das zu verhindern. Normalerweise halten die Busse am Hauptbahnhof, heute in Veddel. Noch nie davon gehört? Hat einen Grund. Veddel ist so am Arsch, wie man in Hamburg sein kann. Hinter der Elbe, graue Betonklötze begrenzen den Parkplatz am Rande der Großstadt. Einer der Orte, der »Deutschland« schreit.

Ebenfalls »Deutschland!« schreien die Leitartikel der schwarz-weiß-roten Boulevardzeitungen in den Händen von durch die Arbeitswoche zerschlagenen Putzfrauen[vi] und pendelnden Bürofachkraftsubunternehmern. Die kein Geld haben, um es für gute Information auszugeben, und so samt Gefühlen, Willen und Gedanken selbst das Produkt der Zeitungen sind.

»Die meisten Leute haben ihre Bildung aus der Bild

Und die besteht nun mal, wer wüsste das nicht

Aus Angst, Hass, Titten und dem Wetterbericht«[vii]

Die haben das Privileg, sich mit uns in eine bis zum Bersten volle S-Bahn zu quetschen. Der typische Zombie, der seinen Arsch von der Unterbeschäftigung zum Wettbüro schleppt. Dem Hamburger Senat, der SPD, scheint es wichtig zu sein, jeden fühlen zu lassen, dass er ein Wurm ist. Dass er Glück gehabt hat, in dieser Stadt überhaupt einen Fuß auf den Boden setzen zu dürfen, und sich ansonsten dafür zu entschuldigen hat, geboren zu sein. Wenn Zeit Leben ist, dann verlangt Hamburg ein Menschenopfer. Und ich?

Okay, ich gebe es zu. Ganz ehrlich war ich nicht. Wieso sollte ich nicht ehrlich sein? Wir sind bis hier gekommen. Wir haben so viel geteilt. Ich bin einer der Gründe, wieso hier Steine geworfen werden. Ich bin das, was Marx einen »distributiven Kapitalisten« nannte. Ich verteile Geld, von anderen zu mir. Ich schaffe Phantomproduktivität, ich mache aus Geld mehr Geld. Ich bin mit der Grund, wieso an anderer Stelle um jeden Cent für die 20 % Kinder in Armut gestritten werden muss, wieso die 15 % Rentner in einer Platte der Altersarmut entgegenwittern, wieso schlicht kein Geld da ist, eure asbestverseuchte Schule zu sanieren.[viii] Ich bin Krebs.

Ich kann euch hören, wie ihr sagt, du brauchst eigentlich gar nicht mehr zu arbeiten. Wie viel Geld brauchst du denn noch? Das soll jetzt nicht sozialdarwinistisch klingen, aber wenn ihr diese Frage stellt, seid ihr wahrscheinlich arme Wichser. Arme fragen oft, was ist der Unterschied zwischen einer und zwei Millionen Euro im Jahr? Na eine verschissene Millionen du mongoloides Stück Scheiße.

Dann hast du sie, vielleicht ein paar Zehn-Hunderttausend Euro. Vielleicht deine Million, Gratulation. Dann kannst du die ganzen Penner vergessen. Du tust all das, was du immer wolltest, Reisen, Oldtimer, schick Essen in Glaskästen auf Dächern. Dann was? An dem Punkt, an dem du genügend Geld hast, nie wieder darüber nachdenken zu müssen, setzt du dich auf einmal mit etwas ziemlich Interessantem auseinander: dir. Erstaunlicherweise, entgegen dem, was ich früher dachte, beantwortet Vögeln und Saufen nicht alle Fragen.

Wenigstens muss man in der Bahn nicht zahlen. Was sonst schon ein Unding ist, da es ohne die Repressionsmaschinerie billiger wäre, würde jetzt endlich einmal eine Revolte auslösen. Selten in meinem Leben habe ich mir einen Kontrolleur gewünscht, jetzt schon. Über uns das Geräusch, das uns die nächsten Tage nicht verlassen wird: das Grollen der Hubschrauber, mindestens drei Stück, mit langen, durchdringenden Scheinwerfern. Alle kreisen über dem Zentrum, das von hier aus aussieht wie Mordor. Wir müssen noch eine Weile warten, anscheinend sind Personen auf den Gleisen. So geht zumindest das Gerücht, der Pöbel wird im Dunkeln gelassen. Die Busse wurden umgeleitet, Leihfahrräder funktionieren nicht und in Veddel findet man eher einen nackt geschorenen, an einer Table-Dance-Stange tanzenden Fuchs als ein Taxi. Maria würde nie mit dem Taxi zur Revolution fahren. »Eher laufe ich die ganze Nacht!«, sagt sie mit waberndem brasilianischem R. Sie glaubt, sie kennt mich. Wenn Sie zwei Minuten eines ernsthaften Geschäftsgesprächs von mir hören würde, müsste sie wahrscheinlich für ein halbes Jahr in Therapie.

Ich weiß, was ihr jetzt denkt: Die Krawallmacher, das sind die bösen Ausländer. Würde so schön passen, nicht wahr? Genau wie die Finanzhaie und die Terroristen. Aber Maria wohnt schon lange hier und wird auch bleiben. Sie ist mindestens genauso deutsch wie eure bastardisierten Inzestkinder. Selbst wenn die halbe Welt vorbeikommt, um Hamburg anzuzünden, was dagegen? Ist Gerechtigkeit auf einmal eine Zollangelegenheit? Oder wäre euch das lieber, wenn Deutschland so schön neutral wäre wie die Schweiz im Zweiten Weltkrieg, die zwar Nazigold rein, aber Juden draußen gelassen hat? Ihr könnt gegen das Anzünden sein, sind die meisten, das ist einfach. Aber wenn ihr gegen das ausländische Anzünden seid, seid ihr Rassisten.

Ich starre auf die Nichtnachrichten in der S-Bahn. Etwas über eine Prä-Oma, die das Jobcenter um ein paar Euro beschissen hat, oder einen Syrer, der sich unerlaubt in Leipzig anmeldete, weil er nicht in Cottbus zwischen Glatzen sitzen wollte. Oder es lief einfach fett die Schrift: »YEAH, WIR VERGEWALTIGEN DIE ARMEN!« vorbei.

Endlich fährt der Zug. Ein Jubeln, dann angespannte Stille. Wir gleiten aus den sumpfigen Auenlandschaften auf Brücken hoch über finstere Kontore und hässliche Werkhallen. Die Straßen sind leer gefegt wie nach der Zombieapokalypse. Da sind sie auch schon, die Zombies in Grün und Blau. Wie riesige Raupen ziehen sich Ketten von Hunderten Fahrzeugen durch die Stadt. Vereinzelt sehen Leute aus dem Fenster. Ein Klima der Angst. Genau wie Olaf Scholz sich das gewünscht hat. Genau wie es sich in Deutschland gehört. Im Militärslang »SNAFU«: Situation normal, all fucked up.

Der Ziegenficker hat noch ein paar Worte verdient, wenn er schon keinen Arschtritt oder einen Backstein in die Fresse bekommen darf. Und das stellt er sicher. Der ganze Sicherheitsapparat von 20.000 Polizisten schützt nicht nur Neofaschisten wie Trump, Postdemokraten wie Merkel, sondern natürlich auch Lokalfürsten wie ihn. Wo kämen wir denn da hin, wenn Leute für ihre Handlungen verantwortlich gemacht werden könnten? Scholz ist so rechts, dass es wirklich keine Rolle spielt, dass er in der SPD ist. Er könnte genauso gut in der CDU oder AfD sein. Er gibt sich als volkstümlich und als Macher. Der nette, etwas verschrobene Hamburger von nebenan. Der, der 20.000 Polizisten für einen friedlichen »Hafengeburtstag« anfordert. Wahrscheinlich braucht man so was für ein – seine Worte – »Fest der Demokratie«.

Wenn man eins vom Konfuzianismus lernen kann, dann, dass Rituale extrem starke und langlebige soziale Systeme hervorbringen. Die chinesischen Dynastien regierten Millennia. Da Hamburg keinen Kaiserpalast hat, müssen eben die Elbphilharmonie und das Hafenfest herhalten. Das Einzige, was Rituale verhindert, sind Veränderung und Wahrheit, oder wie es neumodisch heißt, Transparenz. Aber das ist, wie ihre Wähler, nicht im Interesse der ältesten Partei Deutschlands. Vor allem hat das Opfer, das rituell in Form von Disziplin von Systemen verlangt wird, eine giftige Alchemie: Es bindet dich an den Standpunkt und die Macht, weil du investiert hast. Jeder Politiker hat sich Jahrzehnte den Arsch platt gesessen, jeder Bulle sich jahrelang beschimpfen lassen, jeder Staatsanwalt Hunderte Kiffer und Schwarzfahrer verknackt. Es ist wie beim Poker, du willst deinen Einsatz nicht verlieren. Du willst dir nicht eingestehen, dass du falsch lagst. Entweder die Geschichte ist wahr oder ich bin verrückt.[ix] Natürlich ist das ein kognitiver Fehlschluss. Nur durch Fehler wird man klug. Verrückt sein heißt (vorgeblich, aber eigentlich nicht) laut Einstein: Dasselbe zu tun und ein anderes Resultat zu erwarten. Wie friedlich verliefen die letzten G-Gipfel?

Königin Merkel wollte den Gipfel in Hamburg und Scholz sprang Hals über Kopf durch die Raute. Der Kanzlerkandidatsambitionist konnte sich nichts Besseres vorstellen, als Hamburg anstatt als Provinz als Weltstadt zu verkaufen. Mit dem Kapital der Steuerzahler. Gegen den Willen der Bevölkerung. Scholz ist nichts weiter als die postdemokratische Egoausgeburt des Politikers, den wir verdient haben. Wieso die Hamburger, die eigentlich ein um Welten netteres und kultivierteres Völkchen als die Berliner sind, immer wieder solche Quartalsirren wählen, wird Allahs Geheimnis bleiben. Aber eins muss man ihm lassen: Seine Knautschfresse gibt ein wunderbares Zielobjekt ab. Natürlich ist die Welt für unsere Jäger- und Sammlergehirne zu komplex. Natürlich sind die politischen Narrativen erfunden, wie unsere sich oft widersprechende Identität. Eine schöne Studie dazu: Menschen spenden mehr für ein armes Kind als für acht.[x] Doch Narrativen sind die besten Näherungen, die wir haben. Denn wer sich auf seiner Kritik ausruht, ist nicht neutral, er ist Teil des Status quo. Nachher von nichts gewusst haben, gilt seit 1931 nicht mehr. Jeder Stein, der geworfen wird, jeder »Beamte«, der getreten wird, ist Scholz. Er ist der Kopf des Spektakels, noch vor Trump. Was will man mehr im situationistischen Spektakel einer lupenreinen Demokratur?

Der Hauptbahnhof ist unheimlich leer. Es ist jetzt 22:30 Uhr und bis auf den üblichen Ausschuss von ein paar Junkies ist kaum jemand da. Die Aktion geht woanders. Unser Hotel liegt hinten am Steindamm. Mit Hotelnamen ist es wie mit Politik: Wenn man das Gegenteil annimmt, ist man relativ nah dran. Das Hotel heißt Königshof.

Wir gehen den Steindamm runter vorbei an Puffs, Teppichläden, Türken und Arabern, denen der Protest mit Anlauf am Hintern vorbeigeht. Fette, mattschwarze Mercedesse stehen vor Werbungen für Gucci-Taschen. Allesamt gute Deutsche.

Sei ehrlich, du fragst dich: Wie schafft es ein dahergelaufener Kamelficker[2] mit Anfang 20, einen AMG für über 100.000 € zu fahren? Was hast du falsch gemacht? Oder gehörst du zu den ganz wenigen, die es geschafft haben? Die meinen, es geschafft zu haben? Sieh dir dein Leben an. Schau ganz genau hin. Die Altbauwohnung, in der du lebst. Die veganen Hosen, die du trägst. Die top-Yelp-bewerteten Restaurants, in denen du isst. Die Pauschalurlaube mit nur drei Stunden »Layover«, in denen du brätst. Ziemlich gut, oder?

Alter, du bist nichts.

---

2   Ja, schrecklich, so was zu schreiben, aber diese Worte existieren in deinem Kopf. Niemand kann sich vor der Propaganda retten. Wäre es ein deutscher, dann wäre er immerhin noch eine In-Group und du nicht so angefressen. Jeder, der glaubt, wir wären bis ganz tief drinnen autonom, würden alles selbst denken und entscheiden, ist der ultimative Sklave eines unsichtbaren Wertesystems.

In der Welt des echten Geldes, der Welt der Scholz, der Trumps, der Merz, ist dein Leben ein Pissoir. Eine menschliche Toilette. Deine ganze Existenz ist ein Selbstmord. Und das weißt du. Denn du siehst es jeden Tag im Internet, in der Werbung die deinen Adblocker blockt, auf Plakaten, die dich mit Perfektion zuscheißen. Du bist nicht so schön, so reich, so wichtig wie die. Du wirst es nie sein. Aber du wirst ackern, bis deine glutamatverseuchte Pumpe aufgibt und du von den neidzerfressenen Ratten von Verwandten bei »bestattungen-billiger.de« verscharrt wirst. Am Ende gewinnt die Bank.

Der Königshof kostet für zwei Leute 40 € mit Frühstück, geteiltes Bad, kein Deutsch an der Rezeption. Dafür auch keine Zivilfahnder. Die Tür und die Wände stoßen direkt ans Bett. Aber wenigstens ein fetter Flachbildfernseher. George Orwell, der Messias aller Paranoiker, ließ seine Protagonisten Winston in 1984 verkroch sich hinter die einzige Ecke in seinem Apartment, die nicht vom Fernseher bestrahlt wurde. Hier könnten wir höchstens unters Bett kriechen. Oder uns aus dem Fenster stürzen.

Heute würde es eh nichts mehr nutzen, sich in einer Ecke zu verstecken. Jedes Handy kann aufnehmen, jeder Fernseher, jeder Laptop. Wenn nicht deiner, dann kann es der aus dem Nebenzimmer. Mit der richtigen Software versteht der »Verfassungsschutz«-Mann da jedes Wort von dir, hört jedes Keuchen im Schlaf, jeden Furz. Doch wir haben ja nichts zu verbergen, nicht wahr? Gute Demokraten sind damit einverstanden, wenn ihnen Grundrechte genommen werden, und sich eine lähmende Angst über die Gesellschaft legt.

Genug Theorie, ab in die Arbeitsmontur. Schwarze Hose, schwarzes Hemd, schwarze Regenjacke, Sonnenbrille. In die Tasche eine Zwille, Mundschutz, bei mir noch ein Notfallhammer aus dem Bus und Quarzhandschuhe. Für die Feinpolitur von Bullenfressen. Wir binden uns Gaffer um die Arme und stecken Zeitungen in die Stiefel. Für die Schläge. Wir haben uns noch nie nackt gesehen, aber jetzt, so wie wir auf dem Bett stehen, ist es das Natürlichste auf der Welt. Vögeln? Vögeln kannst du jeden Tag, den Herrschenden den brennenden Mittelfinger zeigen nicht. Heute ist die Revolution sexy genug.

Die anderen sind in der Sternschanze. Wir wissen nichts. Ab und zu hört man dumpfe Explosionen, dann fliegt ein Hubschrauber knapp über die Dächer hinweg. Wir marschieren los. Für Essen ist keine Zeit, wir kaufen Flüssignahrung. Das flaue Gefühl im Magen weicht einer toxischen Vorfreude.

Die U-Bahn fährt nur zwei Stationen, am Rathaus ist es totenstill. Touristen fotografieren sich vor einer Wand aus Wannen. Aber nur wenige Polizisten, die auf viele Autos aufpassen. Die Straßen der kommerzsterilisierten Innenstadt sind an jeder zweiten Ecke gesperrt. Anwohner irren durch die Straßen wie Wimperntierchen. Die Ludwig-Erhard-Straße ist gesperrt und wir laufen inmitten von sechs Spuren. Langsam werden es mehr Leute, aber sie gehen in die falsche Richtung. Uns entgegen. Stockdunkle Hochhäuser kesseln uns ein. Dann Bullen. Viele. Noch mehr. Es muss über ein Kilometer an Polizeifahrzeugen sein. »MMFD« heißt das beim Militär: Miles and Miles of fucking desert. Erst die für Hamburg üblichen Mercedesse und BMWs, man hat es ja (in Berlin fährt die Polizei Opel Astra). Dann VW-Busse, Wannen und schließlich Räumpanzer. Fehlen nur noch Mähdrescher. Und die Wasserwerfer.

Maria bleibt ruhig. So viel Polizei hat sie in Brasilien in ihrem ganzen Leben noch nicht gesehen. Bisher wurde ihr hier in Deutschland auch noch nicht mit dem Schlagstock das Mundporzellan zerschlagen. Aber sie macht sich keine Illusionen darüber, dass das passieren kann. Im Schutz der Repressionsbeamten sitzen vor einer Hotelkette Männergruppen in hellen Polohemden und trinken Weißbier. Einige von deren Schreckschusskalibern werden später sagen, die Polizei hätte ruhig ein paar mehr Warnschüsse abgeben können – auf die Demon-stranten. Das Leben kann so schön sein, wenn man ein Vollidiot ist.

Dann, an der Kreuzung Neuer Steinweg, die ersten Wasserwerfer. Die ersten Vermummten. Wir ziehen die Tücher vors Gesicht.

Um zu wissen, was jetzt kommt, muss man wissen, was passiert ist. Wie in der Geschichte. Es gab ein Leben vor dem Kapitalismus und es wird auch eins nach ihm geben. Und es gab einen G20 vor der Eskalation. Da traf sich eine bunte Truppe aus der halben Welt auf dem schönen Entenwerder. Dort hatten sie ein Protestcamp, probten kreative Demonstrationsformen und waren das, was man gemeinhin als Motor der Demokratie bezeichnen könnte.

Natürlich ging das gar nicht, zumindest nicht mit Olaf Scholz. Der stellte einen Antrag auf Räumung des Camps. Ein Gericht schmetterte den ab. Das ging noch weniger, fast Majestätsbeleidigung. Zumindest nicht mit Olaf, der schickte seine Kavallerie hin und ließ zur Übung Zelte niederknüppeln. Tränengas wurde so großzügig versprüht, dass selbst die Hamburger Polizei später zugeben musste, dass sie illegal gehandelt hatte.[xi] Wer sich wehrte, der bekam einen Riss in die Tapete. Natürlich wurden alle erkennungsdienstlich überprüft, was so viel heißt, wie für die Lagerhaft vorgemerkt. Kennt ihr das, wenn euer Pass am Flughafen länger braucht? Ihr meint, ihr kommt jemals aus der Extremistenkartei wieder raus? Stimmt, an dem Termin, an dem Chanukka und Weihnachten auf den gleichen Tag fallen.

Das war der Mittwoch.

Schlachtplan

Der Einsatzleiter schleppt sich zum Fenster, schon fast außer Atem, wahrscheinlich, hoffentlich, um zu springen. Dass so ein Walross noch im Dienst bleiben kann. Dein Einsatzleiter sollte Vorbild sein. Wenn er schon keinen Krieg gewonnen hat, dann sollte er als Erster unter jedem Stacheldraht robben, über jede Barrikade springen, jedes Ziel mitten in den Kopf treffen. Das hier? Das ist ein Medizinball mit angedeutetem Vokuhila. Man sieht förmlich, wie er im Kopf noch zu Hause ist, Blümchentapete, Käseigel, Astra oder was auch immer für eine Pisse die hier trinken, wird von Gertrude gebracht. Noch drei, vier Urlaube auf Balkonien, dann knallt ihn der Herzinfarkt um. Die Gruppe ist so stark wie ihr schwächstes Glied? Unsinn. Die Gruppe ist so stark wie die Führungsperson. Wie Putin. Wie viele Russen gibt es, 150 Millionen? Ein Witz in der Welt. Drei chinesische Städte. Aber wenn der Typ in den Raum kommt, sinkt die Temperatur um 10 Grad. Jeder schaut auf zu Russland. Ukraine? Nimmt er sich. Trump? In der Tasche. Der weiß, wie man führt. Der stand '89 auf dem Balkon der Botschaft in Dresden, als das elende Kommunistenregime am Abnibbeln war. Zehntausend Leute vor ihm, alle wollten seinen Kopf. Er, kampfsport-erfahren, trat einfach auf den Balkon, und sagte ganz nüchtern, geht doch bitte nach Hause. Das taten die. Weil der Typ einfach so verdammt gruselig ist. Hätte man die Blutwurst da vorne auf den Balkon gestellt? Die Botschaft wäre gestürmt, geplündert, angezündet und der Boden verflucht und versalzen worden, das volle Karthagoprogramm. Die Geschichte wird von Siegern geschrieben, und das ist auch gut so. Niemand interessieren Verlierer.

»Meine sehr verehrten Damen und Herren, willkommen bei der Lagebesprechung. Ich muss nicht betonen, dass der heutige Tag für uns als Auftakt zum G20-Gipfel ein Tag von äußerster Wichtigkeit ist ...«

Ein Tag von äußerster Wichtigkeit? Wie wäre es mit einem wichtigen Tag? Wie viele Nomen musst du noch benutzen, damit du dir wichtig vorkommst, Pummelchen? Was meinst du, denken wir, dass wir den Chaoten jetzt die Stadt überlassen? Verdammt, wieso verschwende ich hier meine Zeit? Lass uns endlich losziehen und auf die Kacke hauen!

»Heute wird von ihnen Durchhaltevermögen erwartet, es ist nicht ausgeschlossen, dass ihre Schicht 12 oder sogar 16 Stunden lang sein wird. Darum gibt es nach der Besprechung erst einmal ordentlich Frühstück. Wie sagt man so schön, ohne Mampf kein Kampf!«

Für dich gibt es wahrscheinlich außer Mampf und Gassi nicht mehr viel anderes. Geschweige denn Kampf. Es wird viel erwartet? *Ich* kann es gar nicht erwarten. Ich fühle mich, als hätte mein Leben auf diesen Tag hingearbeitet. Auf der Straße, wenn du mit den Leuten reden und der »Kontaktbereichsbeamte« sein sollst, da musst du dir auf der Nase herumtanzen lassen. Jeder halbstarke verlotterte Flüchtling, jeder verfilzte Obdachlose kann dich schikanieren. Das sollen die mal versuchen, gleich mit Helm. Manchmal, manchmal ...

Manchmal wache ich auf und heule. Manchmal weiß ich nicht wieso, manchmal vielleicht, weil mir mein Vater im Suff gerne eine reindonnerte, dass das Porzellan splitterte. Weil ich nicht ohne Vorhänge duschen durfte, während er in der Tür stand, nach billigem »Landwirt«-Wodka stinkend, die Hand in der Hose. Die Wut. Die Wut auf die scheiß Linkgrünversifften, die Arschgefickten, die Teddybärenwerfer. Die Schwachen. Die Überflüssigen. Wie sagte Putin? »Ein Mensch ein Problem, kein Mensch kein Problem.«[xii] »... in Alpha 2 und Einsatzgruppe b in Alpha 3. Höchste Alarmbereitschaft. Es ist nicht ausgeschlossen, dass wir einerseits gut organisierten terroristischen Verbänden gegenüberstehen, andererseits einer großen unorganisierten Masse. Gehen Sie nicht davon aus, dass Ihre Gegner nüchtern sind oder rational handeln. Die Dynamik dieser Gruppen ...«

Genau, als ob du eine Ahnung von nüchtern sein hättest. Wenn ich die ja alle sehe, diese geleckten Hackfressen. Garantiert noch nie Schnee gesehen. Nüchtern sein, mit nicht mal 30? Wie diese Wahnsinnigen, die jetzt nur noch mit Yoga, Red Bull und 15 »Espressi« am Tag existieren? Die verrückt grinsen, wenn sie dir auf die Schulter tippen und dir erzählen, wie verschissen geil ihre Kinder sind, wie lange es her ist, seit sie Drogen genommen oder auch nur ein Glas Sekt angerührt haben? Wen interessiert das, du gottverdammter Spast? Das Einzige, was mich interessieren würde, wäre es, wenn du dir den kalten Lauf einer Schrotflinte zwischen die Zähne steckst und eine Wand mit deinem Hirn dekorierst.

»Gut, meine Herren, dann wünsche ich gutes Gelingen! Jetzt aber los.«

Die Besprechung ist zu Ende und es fällt mir etwas auf, was den Durchschnittsmenschen verunsichern würde. Ihr da draußen wundert euch vielleicht, warum wir kein einziges Mal von Schutz reden. Zumindest nicht von eurem. Dass wir an Schlachtplänen feilen, Einsatzhundertschaften definieren, Strategien ausbauen, Bürgerkrieg antizipieren. Ja, Leute, das ist die Polizei. Ihr seid vielleicht falsch abgebogen, die Tür für »Sozialarbeit« war da vorne.

Nach Björn Höckes »Denkmal der Schande« sagten sie alle, die AfD sei fertig. Mann, musste ich mir viel Dreck auf Grillabenden, Geburtstagen, sogar beim Fußball anhören. Ja, selbst bei der Polizei. »Oh die, die sind erledigt. Vorbei.« Wirklich? Wirklich, ihr Fotzen? Wisst ihr was? Er war nur in der kleinen, veganes Müsli essenden, TAZ lesenden Ecke eurer Welt erledigt. Natürlich war »Schande« eine Zuspitzung, aber diese Zuspitzung ist die ganze verdammte andere Welt, da, wo Leute leben, echte Leute, die die BILD lesen und euch in Foren vermöbeln, Leute, die genau das hören wollen und deswegen AfD wählen. Wir sind verfickt noch mal Millionen. Wir sind auch Muslime, sogar Juden, in der AfD. Man sieht sie nicht in der Lügenpresse, aber sie sind da, in Thüringen, in Hessen, in Cottbus. Die wollen, dass mal klar Schiff gemacht wird, das den ganzen Vergewaltigern, Hasspredigern und Schmarotzern so richtig das Geschirr zersplittert.

Welcome to Hell

Bis dahin, außer dem Zeltkloppen nichts Ungewöhnliches. Die Art von Menschenverachtung muss man ertragen können, wenn man in diesem schönen Reich nicht verrückt werden will. Ehrlich gesagt, ich wäre deswegen vielleicht gar nicht mal nach Hamburg gefahren. Klar, der G20 ist ein elitärer Drecksklub, der sein Bestes tut, die Welt schlechter zu machen. Der im Niger Nahrungsmittelprogramme für die Ärmsten streicht, sodass die Todesfälle explodieren. Ein wunderbarer Nährboden für Extremisten, die aus dem von G20-Ländern zerbombten Libyen fliehen. Der für 82 % der weltweiten Kohlendioxidemissionen verantwortlich ist. Der in den größten Flüchtlingsländern: Syrien, Albanien, Kosovo, Afghanistan, Irak, Serbien, Eritrea, Mazedonien, Pakistan und Nigeria Krieg führt und die Flüchtenden dann im Mittelmeer ertrinken lässt.[xiii] »Ihr Kriegstreiber«, beschimpfte Handke 1966 sein Publikum. Aber so ist das eben und man wird älter, faul, gemütlich und ein schlechterer Mensch. Aber dann tat sich die Hölle auf.

Das war der Donnerstag.

»Welcome to Hell« hieß die Protestdemo des linken Blocks am Fischmarkt. Schön mit Hafenblick, schön ein paar Tausend Leute. Nur leider nicht, wie sonst üblich, dreimal so viele Bullen wie Demonstranten, sondern nur die doppelte Menge. Ein Lautsprecherwagen, Transparente, Vermummte. Nichts, was man nicht hätte friedlich abwickeln können. Nichts, was nicht 100 Mal im Jahr in verschiedenen Städten Deutschlands stattfindet. Jeder der öden 1.-Mai-Krawällchen in Berlin sieht ernster aus. Am Ende wirft vielleicht einer eine Flasche und alle gehen nach Hause. Die eine Flasche soll dann auch geflogen sein, leider haben sie nur die artverwandten Polizisten gesehen.

Erst mal weigert sich die Polizei, Vermummte losmarschieren zu lassen. Wieso denn auch? Schließlich haben auch alle Polizisten gut lesbar ihren Namen oder zumindest eine Kennziffer auf der Uniform. So, wie es im Gesetz steht. Wer das glaubt, bekommt zu Chanukka nichts. Der Staat ist der Meinung, jeden, wie die CDU es nennt, mit »Videotechnik« aufnehmen zu dürfen, aber selbst sieht er sich nicht in Verantwortung. Die Schweine, vielleicht sogar die armen Schweine, die hier gegen uns kämpfen müssen, halten dafür den Kopf hin. Das Kanonenfutter, das morgen ganz vorne stehen wird, das kennen wir übrigens. Das sind größtenteils Berliner. Berliner, die sich standesgemäß besoffen, am Zaun gefickt und letzten Endes nur mit Bademantel bekleidet, mit der Dienstwaffe fuchtelnd, auf Tischen getanzt haben. Korpsgeist in seiner vollen Blüte. Die wurden nach Hause geschickt, um heute wieder angefordert zu werden. Wegen dieser Demo.

»Lieber tanz ich als G20«

Im Ernst jetzt? Noch einen Tag herumstehen? Gut, wir haben ein Zeltlager aufgemischt, aber da war kaum Action. Gerade mal ein Chaot auf zehn von uns, wie soll da Spaß aufkommen? Klar, es ist lustig, sich windende und quietschende Schlafsackraupen zu prügeln, aber ein richtiger Kampf, einer, den die Germanen gekämpft hätten, ist das nicht. Selbstkritik ist eine der Anforderungen des modernen Polizeibeamten.

Was die Germanen wiederum taten, war Thing. Das urdemokratische Ritual, nachdem alles besprochen wurde, dann richtig gesoffen, und an was sich die Stämme erinnern konnten, wurde getan. Wir sind Traditionalisten, nicht wahr? Wie die kreativen, aber zu verklausulierten Identitären proklamieren: »Eins, zwei, Tradition – Multikulti Endstation!« Wir haben keine heilige Thing-Linde, aber ein paar gammlige Container in Bad Segeberg, wo wir mit den Berlinern stationiert sind. Die Chefs sind natürlich im Hotel, wir gestapelt in Doppelstockbetten. Keine Privatsphäre und keimige Duschen wie im letzten Flüchtlingsheim. Als ob das nicht reichte, überwachten die paranoiden Hamburger uns wie die verdammte Stasi. Das fanden wir aber leider erst nach dem Thing raus.

»Den Anti-G20-Slogan »Lieber tanz ich als G20« soll ausgerechnet eine Polizistin mit prallem Leben gefüllt haben«, stand nachher in den Zeitungen.[xiv] Was hätten wir denn machen sollen? Hier waren *wir* Opfer der Umstände, wir hatten keine Wahl. Sogar das Kommunistenblatt »Berliner Zeitung« betonte, wir hatten zwei Geburtstagskinder. Also stellen wir die Stühle raus, und ja, einer von den kanackigen Berlinern hat auch eine Wasserpfeife dabei. Widerliches, süßlich schwules Gestinke. Auf jeden Fall saufen wir, so richtig. Die Schnalle von der 32 sticht ein Bier an, rein damit und runter, und rülpst, dass dir die Mütze wegfliegt.

»Ick bin Mandy Schuuuultz!«

Das L.

»Das hast du ja echt, eine Superpower!«

»Na muss ja. Muss. Wo ick heakomme, da musset.«

»Aus dem Wunderland?«

»Wat? Nee, MARZAHN EY!«, schreit sie, hebt die Dose und zerknüllt sie mit einer Hand. Die Menge johlt. Sie hat ganz schön Öken. Im Gesicht, der furchigen Haut, der trüben Augen, sieht man allerdings schon ihre eigene Großmutter. Aber mit jedem Bier wird sie wacher, mit jedem Bier in mir wird sie schöner.

»Maine Mutta«, sie entlässt einen sanften, langen Rülps, »wa Alkoholikarin. War nich laicht. Die Lehra, keen Bock. Keene blühenden Landschaften, wollten alle nua noch wech aus Marzahn.«

Was soll man auf so eine kommunikative Missgeburt sagen? Persönlich geht immer. Frag die Leute nach den unwichtigsten Details, so lange es sie betrifft verwechseln sie das Aufschütten peinlicher Stille mit Interesse.

»Und wie bist du zur Polizei gekommen?«

»Die ham mick oofs Lant jeschickt. Jujendarrest. Da hab ick jelernt, hab ick jelernt ...«, ihr Kopf sackt weg, kurz sieht es aus, als würde sie einnicken. »DISZIPLIN!«, sie schreckt hoch, ihr Gesicht hassverzerrt und definitiv unfuckable. »Disziplin haick jelernt! Un da binnick noch jedn Tag dankba füa!«

»Prost!«, schreit einer der Berliner, die Bierdosen zischen. Ein Sprühregen an Schaum verschafft der Szene eine erhabene Aura, wie schon in der Erinnerung.

Ich verziehe mich aufs Klo. Die Gänge sind klaustrophobisch, die Wände scheinen aus Knochen zu sein, das Licht in den Containern ist gleißend und kalt. Ich finde, Polizisten sollten in der Welt, für die sie kämpfen, untergebracht werden. Das, was wir sichern, sind Komfort, Luxus, Gemütlichkeit. Ein Geweih an der Wand würde nicht schaden oder …

»Ey, pass doch auf!« Ich fange gerade noch einen jungen Kameraden ab, der aus dem Klo stolpert. Er riecht nach Alkohol, hinter ihm aus der Türöffnung schwappt uns ein warmer Hauch Stuhl entgegen. Ich spüre ihn in der Nase, dem Gesicht, an den Ohren. Wir sind uns sehr nah. Er schwitzt, sein weißes Hemd ist fast durchsichtig. Ich sehe, wie sich seine Brustmuskeln abzeichnen, seine Brustwarzen sind hart. Ich … Wie soll der morgen seinen Mann stehen? Verweichlichte Stadtjugend. Dekadentes Pack. Kinder sind da, um gebrochen zu werden, sagte meine Großmutter gerne.

Ich gehe aufs Klo, schließe gut ab und spüle. Zweimal. Ein Spiegel, aber keine Ablage, kein Spülkasten. Ich klappe die vollgepisste Klobrille mit dem Schuh runter, dann den Klodeckel und knie mich hin. Der Gestank ist unbeschreiblich. Der Boden ist nass. Ich lege die Lines, Rolle den Zwanziger und setze an. Ich ziehe, ich bin ein umgekehrter Orkan. Erst als die Schärfe mir ins Gesicht fährt, als sich die Wärme im Gehirn ausbreitet, die Taubheit im Rachen, als ich anfange zu schwitzen, ist die Welt, wie sie sein soll. Der Gestank ist nur noch eine Erinnerung, die Wände sind kein Knochen mehr, sondern Perfektion, reines, strahlendes Weiß. Ich kann jede Pore erkennen, jede minimale Schattierung. Das Licht ist so klar, als könnte ich unter Wasser sehen. Ich fühle mich nicht eins mit der Welt, ich bin die Welt. Ich der Staat, die Kraft, die Zukunft. Ich öffne die Tür.

Die Party läuft. Nicht die hellsten, die Berliner, aber feiern können sie. Eine Schlampe tanzt auf dem Tisch, im Bademantel, Dienstwaffe gezogen. Die Truppe steht drum herum, klatscht, schreit, auch die Frauen. Wenn das Gleichberechtigung ist, dann geil. So muss das sein, meine Augen sind weit offen, ich habe Angst, dass sie aus dem Schädel springen. Eine mon-ströse, fast schmerzhafte Latte pulsiert in meiner Hose. Ich kann förmlich hören, wie ich sie ficke. Nein, Moment, da wird wirklich wer gefickt.[3] Am Zaun. Es ist die eigene Großmutter von eben. Hinter ihr ein tätowierter Brünetter, pralle Oberarme, Tattoos, könnte auch als Rocker durchgehen. Er gibt es ihr richtig.

»OH, JA, VADAMMT«, brüllt sie. Die Schlampe, die geile Schlampe.

Ich ertappe mich beim Starren. Am Zaun daneben stehen sie. Wie im Chat angekündigt, »im Zugverband pissen«. Befehl ist Befehl. Ich stelle mich daneben. Aber mein Schwanz zeigt stramm nach oben, als würde ich vor Disziplin explodieren. Ich kann nicht wegsehen.

»Ey, EY! Wat kuckstn so?«

Zwischen mir und den Vögelnden steht noch ein Typ, anscheinend. Für ihn sieht es so aus als starre ich auf sein Gemächt und massiere meinen Prügel.

»Ah, sorry, ich...«, bringe ich raus. Mein Mund ist die Sahara, ich will einen Ozean trinken. Mein Kopf ist Pappmachee.

»Kuck mal schön wieda nach voane, Alta, so wat brauchnwa hia nich!«

»Was ..?«, ich bringe kaum was raus. Er ist kleiner als ich, baut sich aber vor mir auf, kommt ganz nah an mein Gesicht. Riesige, verstopfte Poren. Er hebt den Zeigefinger wie die Islamisten, bevor sie Journalisten köpfen.

»Hast mich schon fastahndn.«, sagt er, und zieht ab.

---

3   Ja, wirklich. https://www.berliner-zeitung.de/berlin/polizei/exzess-in-hamburg-polizisten-hausten-in-baracken—fuehrung-logierte-im-luxushotel-27867324; 12.12.18

Ich stehe wie eingefroren da, meinen Schwanz in der Hand, Demütigung kribbelt auf der Haut. Noch verstehe ich nicht, aber noch versteht auch er nicht, welches Echo sein Stolz haben wird. Der weiß nicht, mit wem er es zu tun hat.

»Ah!«, es kracht. Die Vögelnden sind umgefallen und liegen im Pisseschlamm. Die Truppe applaudiert.

Natürlich heult am nächsten Morgen die halbe Welt herum. Irgendein Verräter hat die Chatprotokolle, Fotos und Aufnahmen der Lügenpresse vom RBB zukommen lassen.[xv] Die kotzt im Strahl, nennt uns »ungeeignet«, alles »unangemessen«, ganz furchtbar, schnüff. Wundert mich nicht, interessiert auch keinen. Was mich gewundert hat, ist, dass die Hamburger uns, bzw. die Berliner, ans Messer geliefert haben. Die Einsatzhundertschaften 14, 15 und 32 mussten wirklich zurückfahren. Ich zum Glück nicht, das sächsische Wappen hat mich wieder einmal gerettet. »Unangemessen« sei ihr Verhalten gewesen? Was ist denn das für eine Scheiße? Was interessiert die denn, ob die saufen und ficken? Die Frage ist, ob sie genug Schneid haben, im Angesicht der Terroristen nicht die Nerven zu verlieren. Jede dieser semitischen Dreckschleudern sollte sich einmal vor die wütende Anarchistenmasse stellen. Hier, fang den Molotowcocktail, danach sehen wir, ob du noch Sorgen über »unangebrachtes« Verhalten hast.

Was auch immer für eine Fehde zwischen den Hamburger und Berliner Chefs abging, das echte Volk ließ sich nicht belügen. Sogar auf der Website der »Berliner Zeitung« schrieben Bürger wie Mike Jierscheck: »Um Gottes willen! Berliner Polizisten outen sich als normale Menschen, die feiern und vögeln. Das ist ja ein Skandal, ich dachte immer, die leben im Zölibat«, oder »Die Hauptstadt braucht euch. Welcome back zu Hause«, schrieb Facebook-Nutzer Dominic Zschs.[xvi] Sogar von der Verräterpartei kam Positives. Lars Oberg sah keinen Eklat. Er twitterte: »Die Berliner Polizei hat heute wahrsch. mehr heimliche Fans gewonnen als mit allen PR-Kampagnen der letzten 60 Jahre.«[xvii]

Lass die Leute reden. Wichtig ist die Kameradschaft in der Truppe. Der Sprecher der Berliner Polizei und Kameradenschwein, Thomas Neuendorf, sagte der Deutschen Presse-Agentur: »Es ist einfach nur peinlich, wie sich die Kollegen dort verhalten haben.«[xviii] Der wird sich noch umgucken, wenn der Wind sich dreht und wir an der Macht sind. Der wird neben Röhn beerdigt, die schwule Sau. Integer hingegen war der Berliner Polizeisprecher Winfrid Wenzel, der einfach behauptete »dass mutmaßlich Bier verzehrt und Shisha geraucht wurde«. Der Tabledance allerdings sei »definitiv eine Ente«[xix]. Wie bei Trump, Wahrheit ist das, was man twittert. Wer das nicht glaubt, kann gerne zurück nach Mexiko. Wem es nicht passt, der ist in der falschen Welt. Die Geschichte erklärt er sich so: Ein Wachmann habe eine Polizistin beim Verlassen der Duschräume beobachtet (das Schwein!). Dabei sei ihr die Dienstwaffe heruntergefallen – wohlgemerkt im Holster verpackt und gesichert. Der Wachmann habe das offenbar als bedrohlich empfunden und weitererzählt.[xx]

HA! »Als bedrohlich empfunden«! Wenzel, du bist der Hammer. Jeder, der auch nur ein einziges Mal einen »Wachmann« aus der Ferne gesehen hat, weiß, dass die bis zum tätowierten Hals in Drogen, Gewalt und Menschenhandel stecken. Der für die CDU clevere Merz wollte die verbieten und durch die nächstbeste Mafia ersetzen lassen: uns. Wachmänner (nein, nicht »Wachleute«, das sind Männer) sind schlicht Söldner, die tun alles für Geld. Die verpimpen Archficken für 20 € in Berlin aus den Flüchtlingsheimen und geben das live vor der Kamera zu.[xxi] Gut so, dann lernen die Wirtschaftsflüchtlinge, die ganzen jungen Männer, die ihre Familien alleine lassen, dass hier keine Fettlebe ist. Vor allem aber erzählen die Wachmänner jede Gutenachtgeschichte, die Wenzel ihnen vorkaut. Kannst du dir nicht ausdenken so was. Der Kracher kommt erst noch: »Leider gelinge [hanseatische Züchtigkeit] nicht immer, das liege wohl am Berliner Temperament.«[xxii] Ja, so ist das, Baby, GRAB HER BY THE PUSSY. So sind wir eben, Problem damit? Ja? Dann machen wir statt grün blau und du kannst sehen, wie du mit den einfallenden somalischen und kommunistischen Horden fertigwirst. Die verkaufen dann deinen Arsch für 20 €.

Welcome to Heaven

Die Penner wollen doch tatsächlich diskutieren. Wo sind wir denn hier, an der Uni? Stehen sie da, in ihren entmannenden rosa Westen. Wer seid ihr, »kritische Juristen«? Was heißt hier kritisch? Gesetz ist Gesetz, Punkt, aus.

Ich stehe in voller Montur, Schild, Schlagstock, Helm, absoluter Starkstrom. Ich zittere vor Erwartung, der Schweiß brennt mir in den Augen. Ach, der Geruch von frischem Kevlar am morgen! Vor uns der Haufen Chaoten, schwarzer Block, vermummte Hackfressen so weit das Auge reicht. Drum herum der Fischmarkt, die Medien, Schaulustige. Alle sind hier für die Show, die kann doch jetzt nicht ausfallen? Seid doch mal ehrlich, ihr wollt, dass hier Blut fließt. Nicht nur die Medien, die ihr euren Dreck verkauft, auch die an den Fenstern und die an den Bildschirmen. Gebt es zu, euer Leben ist so verzweifelt öde, dass jeder Faustschlag, jeder Schrei, jeder Mord euch freut. Weswegen lest ihr sonst jeden morgen in der Zeitung, wer wen abgestochen oder vergewaltigt hat? Den Arsch bekommt ihr ja doch nicht hoch. Ich aber. Gorbatschow sagte: »Du bist entweder Teil des Problems, Teil der Lösung oder Teil der Landschaft.«

Nein, nein, nein, anscheinend haben die irgendeinen faulen Kompromiss erreicht. Oh Gott, die Autonomen nehmen ihre Vermummung ab. Was wird denn das jetzt, einmal fürs Familienalbum? Die Kamera fährt über die Menge. Das kann es doch nicht gewesen sein?

Was? Ein Gruppenleiter zeigt die Faust, dann alle offenen Finger, alles klar. Auf einmal Marschbefehl. »Einsatzhundertschaft los!« Der fette Alte bekommt Schnappatmung. »Los, los!« Ich drehe den Schlagstock einmal in der Hand, zwei, drei Schritte vor, da sind sie schon, und rauf da. Erst mal die Nase weg, so sieht das aus. Das kracht wie Stöckchen zertreten. Ja, schreien wollt ihr? Hier, du bekommst auch noch einen, du Schlampe, voll auf die fetten Lippen. Auf einmal kreischt der ganze Ameisenhaufen. Ich bin im Paradies.

Wasser schießt vor, endlich könnt ihr duschen, ihr Verlausten. Kein Zentimeter Platz, kein Entrinnen, wir haben sie in der Unterführung. Sie purzeln wie die Karnickel. Jetzt stürmen sie auseinander, wir greifen, wen wir können. Das heißt, meine Kameraden. Ich dresche alles, was sich bewegt, laufunfähig. Es bewegt sich viel. Ich bin der Hai im Makrelenschwarm. Ein Wicht mit blutüberlaufender Fresse kniet auf dem Boden und hält die Hände hoch. Was soll denn das? Zeig mal ein bisschen Schneid! Bam, Knie in die Fresse, Lampe aus. Das ist kein Kampf, das ist ein Niedermähen. Wo sind die auf einmal alle? Da, wie die Schaben retten sie sich auf eine Stufe. Ich hotte hin, versuche ein, zwei runterzuziehen. Komm hier, du kriegst noch eine von hinten ins Knie. Das wiederum scheppert vorne an den Beton, ich kann richtig hören, wie es knirscht. Musik in den Ohren eines Kriegers. So müssen sich meine Vorfahren gefühlt haben, auf den Schlachtfeldern Germaniens. Nur, dass man es hier nicht zu Ende bringen kann. Wir leben in traurigen Zeiten.

Genug sinniert, jetzt wird gekesselt. Wir greifen uns, wen wir kriegen können. Leider haben wir nicht genug Wannen für alle, aber jeder, der nicht mit kann, bekommt noch einen Trostpreis mit dem Schlagstock. »Kommt morgen ja nicht auf dumme Ideen«, sage ich. Vertrauen ist gut, Kontrolle ist besser. Das bedeutet hier gebrochene Beine.

Jetzt ist alles vorbei, die Schreie verhallen. Ich öffne mein Scharnier, die Sonne zwinkert mir zu. Das Adrenalin hinterlässt wohlige Wellen in meinen Adern. Fast besser als Koks – und vor allem umsonst!

Was für eine geniale Idee, ich bin wirklich drauf hereingefallen. Wie die. Die dachten, hier ist Friede, Freude, Eierkuchen. Vielleicht hätten wir sie direkt in die Elbphilharmonie eskortieren sollen? Noch ein Häppchen gefällig, Lachs-waffenfähiger-Dijon-Senf?

Da zeigt sich der erfahrene Feldherr, das hätte ich dem Fettsack gar nicht zugetraut. Sie sich in Ruhe wiegen lassen und unerwartet richtig rauf auf die Zwölf. Das Schönste ist, dass wir alle ihre Fressen jetzt auf Band haben. So, wie das hier abgegangen ist, ist ja wohl klar, dass der schwarze Block eskaliert hat. Ganz sicher flog da eine Bierflasche, wenn ich genau nachdenke, habe ich die absolut gesehen. Meinen Kameraden geht es sicher genauso. Wem glaubt ihr, ein paar dahergelaufenen Zigeunern oder der Polizei?

Willkommen am Boden

Was jetzt passiert, wird nicht nur Andreas Beuth, der Anwalt der Roten Flora, oder Werner Rätz, Gründungsmitglied von »Attac Deutschland«, sondern sogar Jan Thomsen von der Berliner Zeitung als massiven Rechtsbruch bezeichnen. Selbst so revolutionären Umtrieben unverdächtige Medien wie der Berliner Zeitung oder Journalisten der Zeit wird es wichtig sein, das zu sagen, was den Herrschenden nicht passt: die Wahrheit. Alle, von Spiegel TV bis zum autonomen Kanal Unicorn Riot, werden Bilder präsentieren, die die nachträglichen Beteuerungen der Polizei Lügen strafen werden. Sogar Polizisten selbst widersprechen ihnen. Oliver von Dobrowolski, im Dienst und Vorsitzender des Vereins »Polizei Grün«, der sich für eine »moderne und bürgerfreundliche« Repression einsetzt, wird später sagen: »Wenn man sich trotz all diesen Bildern hinstellt und sagt: ›Es gab keine Polizeigewalt und alle, die was anderes behaupten, sind Denunzianten‹ – das geht gar nicht. Das ist nicht nur realitätsfern, das ist auch ein Ton, den man eigentlich aus Ankara oder Moskau kennt.«[xxiii] ACAB; All Cops are Bastards, wäre auch zu schön, um wahr zu sein.

Wer es noch nicht kapiert hat: Die Bullen sind uns scheißegal. Wir haben sogar Mitleid mit denen. Was für ein Knochenjob ist das, den Staat, der zwei Weltkriege begonnen hat, verteidigen zu müssen? Würden die alle einfach zu Hause bleiben, hätten wir kein Problem. Dann würden wir zu Trump durchmarschieren und den ersch…recken.

Als einige im hinteren Teil der Demo die Vermummung, in Polizeisprech die »Verteidigungsbewaffnung«, nicht abgenommen haben, fährt die Polizei zeitgleich mit drei Wasserwerfern los. Man muss sich das vorstellen, die Demo steht auf einer Straße in einer Unterführung. Um sie sind zu allen Seiten Polizisten. Neben ihr nur eine etwa zwei Meter hohe Mauer und darüber ein Geländer. Von der Seite rennt nun eine Hundertschaft gepanzerter Polizisten in die Menge und prügelt wild los.

Gleichzeitig fahren die Wasserwerfer heran, keinen Zentimeter zwischen ihnen oder zur Wand. Die Wasserstrahlen werden mit genug Kraft genau auf die Demonstranten gerichtet, sodass diese erblinden könnten. So wie es dem Rentner Dietrich Wagner passiert ist, der in Stuttgart 21 für ein paar Bäume demonstrierte. Ergebnis der bürgernahen Polizeiarbeit: »Beidseitig schwere Prellungsverletzungen, zerrissene Augenlider, Augenbodenbruch, eine eingerissene Netzhaut und zerstörte Linsen. Das linke Auge bleibt völlig zerstört und nimmt nur noch am linken Rand einen Lichtschein wahr.«[xxiv] Unsere Demokratie ist nämlich lernfähig. Wieder Einstein, wieder verrückt gleich. Eigentlich stammt das Zitat von Leuten, die sich spitze mit der Suchtmentalität im Kapitalismus auskennen: den Narcotics Anonymous.[xxv]

Schreie hallen über das Hafenbecken. Verzweifelt versuchen sich die Demonstranten auf die Mauer zu retten. Einige machen eine Räuberleiter, andere ziehen sich hoch. Frauen werden hochgehoben, natürlich auch von Frauen. Sind ja alle Feministen hier. Währenddessen prügelt die Polizei weiter. Eine Handvoll Autonome hält hinter Plakaten aus, bis alle oben sind. Sie stecken mit ihren getapten Armen die Schläge ein, die für die anderen gedacht sind. Der Schmerz ist gar nicht das Grässliche, sondern die Panik im Anblick einer prügelnden Masse von Schildkröten. Wer das einmal gemacht hat, scheißt sich selbst bei der Zombie-Invasion nicht mehr in die Hose. Ausgerechnet Napoleon stellte verwundert fest, das Männer sich für »bunte Streifen« für ihn opferten.[xxvi] Die Autonomen sollten ein Bundesverdienstkreuz erhalten. Und dann das Klo runterspülen. Oben sammelt sich eine schreiende Menge von Leuten, bevor auch dort von hinten Wasserwerfer das Wasser eröffnen. Wer nicht wieder runter in den Prügelpool getrieben werden will, der muss jetzt rennen. Dann verursachen die Wasserwerfer genau das, weswegen man sie in Berlin nicht mehr benutzt: Sie treiben die Flüchtenden in alle Richtungen. Zwischen Hafenbesuchern und Bewohnern des Viertels rennen die Splitter des schwarzen Blocks und die Verletzten. Ein Teil der Polizisten verfolgt sie weiter und schlägt, wo er kann, auf sie ein. Zum Glück sind auch Kamerateams von größeren deutschen Formaten wie Spiegel TV da. Die werden später die heulenden Anwohner vor die Linse bekommen. Hausfrauen, die vor Tränengas weinen, ältere Hamburger Herren, die schon vieles gesehen haben, die aber ganz hanseatisch nichts aus der Ruhe bringt. Mit ein bisschen Remmidemmi können die gut. Mit Polizeigewalt aber nicht, und das sagen sie auch. Das wird auf »Spiegel TV« laufen, nicht auf in der »Linksterroristenwebsite« »Indymedia« oder »Unicorn Riot«. Der Sendung, die eine Woche zuvor noch Berichte über Snobs aus Blankenese gebracht hat, denen eine halbe Million Euro teure Porsches als falsche Originale verkauft werden. Die dann klagen und fast eine ganze zurückbekommen. Einem Medium also, das nicht ganz direkt für die Revolution kämpft.

Das Letzte, was man von der Demo hört, ist ein sich verzweifelt heiser schreiender Lautsprecherwagen: »Ihr Arschlöcher, das wird Folgen haben!« Selten sind die, die laut werden, im Recht; aber manchmal. Überall in der Fernsehlandschaft sehen Menschen, wie der Staat auf seine Bürger einkloppt. Und das, während das egomanische Arschloch von Zimthitler, Donald Trump, die Stadt besucht, und so tut, als würde er die Kriege der Vorgängerregierung nicht nahtlos weiterführen. Als würde sein Raubtierkapitalismus nicht genau die Kriege provozieren, von denen er profitiert. Da reißt vielen der Geduldsfaden. Auch mir.

Verhör

Der Gang ist fies, dunkel. Das Mauerwerk mufft. Dem Graf von Montecristo gefällt das. Am Ende eine Tür, da werden sie sitzen. Zwei struppige Revoluzzer. Ich öffne sie, geblendet vom wenigen Licht, das durch das winzige vergitterte Milchglasfenster an der Decke fällt. Rüdiger hält in der Ecke Wache. Ein Ochse von einem Mann. Ich nicke ihm zu.

»Gestatten, Schabowski.«

Ich zerdrücke ihre Hände. Sie zuckt zusammen, er lässt sich nichts anmerken. Ich sehe ihm direkt in die Augen. Sie wäre perfekt für ein Poster, auf das die Polizeifreizeit im Keller Dartpfeile wirft. Piercing, arabisches Schriftzeichen auf die Hand tätowiert (mach es uns doch noch einfacher, Schatz!), schwarz angezogen, bockiger Ausdruck, Twentysomething. Ihre Fresse, noch nicht kaputt gehämmert von Verlust, Schwänzen, dem Leben. Was für 1 life, vong Knast her? Sie birst fast vor Emotion, ein Angriff aus Angst. Er ist unerwartet normal. Kurzhaarschnitt, schwarzes T-Shirt, Turnschuhe, kein Blech im Gesicht. Keine Angst. Noch nicht.

Ich setze mich, lege die Mappe provozierend nahe vor sie ab, lehne mich zurück, nehme die Arme hinter den Kopf und sehe sie lang und stumpf an. Ich denke nicht. Ich genieße den Moment. Die Ruhe vor dem Sturm.

»Frau Barbara Jähnke, Herr Helmut Schmidt … wie der Bundeskanzler?«

»Der im Spanischen Bürgerkrieg für die Republik kämpfte, ja.«

»Ah ja«, ein Klugscheißer. Mal sehen, wie weit er damit kommt. Ihnen wird vorgeworfen, heute Morgen bei der ,Welcome to Hell-Demonstration' folgende Straftaten vorgenommen zu haben: schwerer Landfriedensbruch, Angriff auf einen Staatsbeamten, Gefangenenbefreiung, Mitführung von Passivbewaffnung ...«

»Was ist denn das für ein Quatsch!«, bricht es aus ihr heraus. »Meinen Sie unsere Mützen«?

»Gehen Sie«, ich öffne die Mappe und drehe sie um, ein Bild einer Balaklawa oben, »mit dieser Mütze mit Ihrem Hund Gassi?«

»Vielleicht.«

»Im Sommer?«

»Morgens ist es kälter als draußen.«

Sie will spielen. Sehr schön. Ich richte mich auf. Fasse mit den Händen meine Oberarme.

»Kühl hier, nicht wahr?«

»Was?«

»Was meint ihr, wie sich das nach einem Jahr anfühlt?«

»Drohen Sie uns?«, jetzt kommt er aus der Reserve. Ich sehe ihn keine Sekunde an, sondern einen Punkt zwei Milliarden Lichtjahre hinter ihrem Ohr.

Sie ist die Dümmere, also beginnt sie zu schreien. »WAS IST DENN DAS FÜR EINE SCHEISSE! ICH WILL SOFORT MEINEN ANWALT SPRECHEN!«

Ich nicke Rüdiger zu, langsam wie ein Geschütz setzt er sich in Bewegung, eine rauchen.

»MIT DER HOLLYWOODSCHEISSE KÖNNEN SIE SICH ...«, elaboriert sie.

Die Backpfeife kommt urplötzlich, ihr Kopf fliegt zur Seite, Speicheltropfen rieseln an die Wand. Dieser Ausdruck, wie ein Barsch, goldig. »Ruhe«, sage ich, ohne meine Augen vom Punkt abzuwenden, während ich ein unsichtbares Stück Staub von meiner Hose schnipsele. Der Typ steht auf. Blitzschnell habe ich meinen Totschläger in der Hand, ein Schwung, klappe ihn auf. »Denk gar nicht dran.« Er setzt sich wieder, ganz langsam. Die Wände verschlucken ihr Schluchzen. Langsam wird Erstaunen zu Panik, alles zerfetzender Panik. Vorhang auf für das menschliche Notprogramm der Verneinung. Wir armen Würstchen meistern es beim Sterben, aber wir üben bei jeder Erniedrigung: die fünf Kübler-Ross-Phasen.

Abstreiten: »Ich bin, wir waren da nur zufällig, wir wollten eigentlich nur zum Hafen ...«, rotzt die idiotische Schlampe vor sich hin, »... wir haben ein paar Freunde getroffen und die meinten, da wäre was los, und wir sind mitgegangen ... Wirklich nur ein blöder Zufall. Kann jedem passieren. Sie hätten doch auch ... junge Leute eben … in Hamburg, wir dachten das ist hier so ... eigentlich sind wir nur über das Wochenende gekommen, wegen des Hafengeburtstags ...«, er stößt sie mit dem Ellenbogen an.

Wut, er sagt: »Jetzt hör mal zu, du Faschist, ich habe keine Angst vor dir. Du glaubst doch nicht ernsthaft, dass du uns hier drinnen erpressen kannst und damit davonkommst. Das wird überall in den Medien sein. Wir sind zu zweit.« Ich sehe kurz hoch, zur Kamera in der Ecke. Ich weiß zwar, dass sie nicht funktioniert, die verdammten Kürzungen, aber er nicht, und ich weiß, dass er den Blick sah. »Das wird überall auf You Tube sein. Euren scheiß Korpsgeist könnt ihr euch sonst wohin stecken, irgendwann kommt der Sturm auf die Bastille und dann ...«

»Und dann?« Ich stehe auf und lege den Schlagstock mitten auf den Tisch. Greif zu Junge, greif zu. Gib mir einen Grund. Er rührt sich nicht. Viel heiße Luft, so sind die Zecken. Wohlgenährt, weil sie am Blut unseres Volkes saugen. Ich starre ihn runter.

Verhandeln: »Hören Sie ...«, er klingt jetzt kollegialer. »... bitte setzen Sie sich doch.« Ich setze mich nicht hin. »Wir haben sehr gute Anwälte. Wir wissen, was uns zusteht. Ein Anruf. Unversehrtheit. Sie wissen schon, Genfer Konventionen. Das, was die Polizei sich auch auf die Wappen schreibt. »Landfriedensbruch«? Die Richter wissen, dass das der Notvorwurf ist, wenn man keinen wirklichen vorbringen kann. Der Staatsanwalt winkt das durch, der will Statistik, aber der Richter? Da müssen sie schon sehr viel Glück haben. Wir wissen beide, sie und ich, dass ihre Vorwürfe größtenteils nicht haltbar sind. Was bleibt dann? Ein Haufen Papierkram, Zeit, in der sie und wir besser unter einem Sonnenschirm am Grill sitzen und ein kühles Bier trinken könnten.

»Wir haben nur versucht, denen, die an der Mauer fast zerquetscht wurden, zu helfen!«, wirft sie jämmerlich ein. »Wir dachten, das wird wie in Duisburg, bei der Loveparade.«

Die Bilder von vergnügungssüchtigen Westdeutschen, in Todesangst schreiend an der Mauer. Kurz werde ich wehmütig. Die Kinder derer, die durch das Verscherbeln des Ostens durch die Treuhand reich geworden waren, jetzt schreiend und wimmernd wie eine Herde Kühe auf dem Weg zum Schlachthaus. Gerne hätte ich ein Rotkäppchen geköpft, die einzige Firma, die überlebte, weil sie auf die gelungene Vergewaltigung ganzer Landstriche anstoßen mussten. Ich saß mit einem Bier vor dem Fernseher, massierte meinen Schwanz und war zufrieden. Das muss die ausgleichende Gerechtigkeit sein, von der alle reden. In diesem Moment habe ich Gott gesehen.

»Wenn Sie uns entgegenkommen, würden wir einigen der Sachverhalte zustimmen, ganz sicher. Kein Papierkram für Sie, vielleicht Bewährung für uns, Sozialarbeit, da hat sogar die Gesellschaft was von …«

»Ha!«, kann ich mir nicht verkneifen. Ich kichere. »Die Gesellschaft!«

Phase IV: Depression: Natürlich. Keine Altersgruppe ist so von Depressionen betroffen wie die der Millennials; etwa jeder Fünfte leidet darunter.[xxvii] Sie wendet sich an ihn: »Ey, der hat sie doch nicht mehr alle. Der ist vollkommen verrückt. Hier sind wir am Arsch, wir kommen hier nicht mehr raus. Echt, was sollen wir jetzt machen?« Er starrt nur leer und nimmt ihre Hand. Sie fängt an zu schluchzen. Ich werde geil.

»Na, na. Es gibt immer Licht am Ende des Tunnels.« Mein Ton wird wärmer, ich lasse sie sich wie Gleichwertige fühlen, wie Mitverschwörer. Ich stehe auf und schreite durch den Raum. Ganz nah hinter ihnen vorbei, ich kann ihren Angstschweiß riechen. Zeit einzutüten. Mein Pitch ist jetzt besser als früher. Schneller. Schärfer. Gegenargumente im Vornherein abwehrend. Ich setze zum entscheidenden Schlag an. Frank, sage ich, sieh mich an. Er sieht mich an. Sein Haar ist, obwohl er keine 25 Jahre rum hat, schon schütter, in seinen Augen sehe ich Angst, ihm dämmert, was Menschen einander antun können. Ich fühle mit ihm, dem verwirrten Studenten, nun reduziert auf einen verrückten, bettelnden Sklaven.

Ich lehne mich vor ihnen mit beiden Händen auf den Tisch und sage im Ton deines Lieblingspsychiaters und Ersatzvaters: »Du machst jetzt verdammt noch mal mit, du glatzköpfiges, unnützes Stück Scheiße, oder ich werde dir den hier«, ich führe den Finger langsam am Schlag herunter, »bis zum Hals den Arsch raufführen, dass selbst deine Mutter noch weinen wird, wenn du nach Jahren aus der Haft kommst. Du wirst die nächsten Wochen oder Monate in einem dunklen Kabuff verbringen, vorne rübergebeugt. Bestenfalls fummelt dir eine Wache im Arsch nach Tütchen rum, schlechtestenfalls die anderen Gefangenen, und die suchen nichts, die packen ein. Du verstehst mich?«

Stille, wie frischer Schneeregen rieselt das Entsetzen auf sie nieder. Er sieht mich an, gebrochen. »Ja.«

»Mein Junge!« Ich schiebe ihm das Formular hin. »Junge«, nicht weniger.

»Okay«, sie atmet tief ein und aus. Er will sie zurückhalten, aber sie blockt ihn mit einem »Talk to the hand«.

Es gibt immer Licht am Ende des Tunnels. Aber meistens ist es ein Zug. Die werden ihre Bildschirmbräune ein paar Jährchen im Loch pflegen können. Wie sagt man so schön? Zwei können ein Geheimnis behalten, wenn einer tot ist.

Ich liebe meinen Job.

Auf der Schanze

An der Kreuzung Budapester Straße, Ecke Neuer Kamp herrscht gespannte Stille. Zwei Wasserwerfer und vielleicht 100 Bullen stehen etwa 200 Autonomen gegenüber. Aber wir sind wie immer zu spät, zumindest hier ist der Kampf vorbei. Die Fronten sind geklärt. Und hinter der Front ist freies Gebiet. »Frei« nicht wie in »national befreit«, sondern antinational. Ab hier gibt es keine Polizei mehr, keine Staatsgewalt, nur den einen oder anderen Krankenwagen. Auch der wird selten gebraucht, siehe Punkt 1.

Wir sind uns noch nicht sicher, was Sache ist. Da Wasserwerfer die Schanzenstraße versperren, laufen wir die Sternstraße lang und sehen erste Barrikaden, erste Feuer. Aber in den Seitenstraßen wie der Beckstraße, den schönsten in ganz Hamburg, sitzen die Leute vor dem Haus, trinken Bier und rauchen Joints. Ist das diese gefährliche Anarchie? Das einzig Ungewöhnliche ist der immer dichter werdende graue Nebel. Es riecht nach verbranntem Holz und Plastik. Aber nicht nach Pfefferspray. Noch nicht. Zum Glück hat die Hamburger Polizei großflächige Reizgasanwendung verboten. In einem Rechtsstaat kann man sich sicher darauf verlassen.

Als wir in die Ludwigstraße biegen, wird es schlagartig voller. Jetzt laufen die Leute in unsere Richtung, fast alle vermummt. An der Ecke Geschrei. Wir wagen uns vorsichtig bis zur Kante und sehen nach links in die Schanzenstraße. Wir haben es durch die Hintertür in die Schanze geschafft, ins freie Gebiet. Die Straße ist voll von Menschen. Tausende. Aber ein paar Meter hinter der Ecke stehen nur noch vereinzelte, einer stilecht mit nacktem Oberkörper und Hasskappe. Kurz nach der nächsten Ecke ein Wasserwerfer mit Flutlicht. Dazu eine Reihe Knüppelbullen. Der Revolutionär ganz vorne schreit: »Ihr Arschficker, verpisst euch hier!« Er geht bis auf zehn Meter an den Wasserwerfer ran und breitet die Arme aus. Dann dreht er sich um, zieht die Hose ein Stück runter und zeigt den Bullen den blanken Arsch. Keine Sekunde später stürmen die los, den Rechtsstaat gegen blanke Ärsche zu verteidigen. Der Arsch schafft es ganz knapp, sich zu retten, und rennt in die Menge zurück. Kaum angekommen, tobt diese los, ein Hagel von Steinen und Flaschen geht auf die Polizisten nieder. Hagel im eigentlichen Wortsinn, es klingt wie ein Hagelsturm, nur viel, viel lauter. Die Glasflaschen zersplittern in alle Richtungen. Die Polizisten machen jetzt einen auf Forrest Gump, der Glasregen kommt von oben, von den Seiten, ja sogar von unten. Von überall kommen Autonome mit Steinvorräten, mit jeder Sekunde wird der Hagelschlag intensiver. Auch ich greife zu. Der Stein fühlt sich dumpf an. Jede Entscheidung ist der Tod von Milliarden von Möglichkeiten. Die beste Entscheidung ist immer die, die man nicht trifft.

Der Hass steigt in mir hoch, bis ich fast kotzen muss. Mir wird schwindlig. Meine andere Hand fasst den kalten Marmor des McDonald's neben mir, die trügerische Sicherheit. Ich lasse den Stein fallen. Ich drehe mich um. Etwas Flauschiges in Marias Händen. Sie gibt es mir. Ich lasse das Surreale sacken. Welches Gefühl passt bitte auf so eine Situation? Panik. Adrenalin. Denn hinter ihr steigt plötzlich ein Bulle aus einer dunklen Passage, in voller Montur, wie eine riesige Schabe. Das Splittern und schreien hinter mir verstummt, ich höre nur noch eins: Meinen einziehenden Atem, bevor ich schreie.

Nahtod

Jetzt geht's los. Jetzt geht's so richtig los. Die Kameraden werden mit Steinen eingedeckt, es klingt wie Hagel. Mit faustgroßen Brocken. Was lernen wir von Wallenstein? Bist du in der Unterzahl, gehe über die Flanke. Ich schleiche mich an der Wand entlang, hinter einer Mülltonne. Vor mir die vermummten Chaoten, sie brüllen wie verrückt. Es juckt mir in den Händen. Aber ganz ruhig, komm von hinten. Eine kleine Passage, eine Seitenstraße. Da stehen ein Chaot und ein Mädchen. Ich greife sie mir an den Haaren.

»Oh, sie tun mir weh!«, schreit die idiotische Schlampe. Die hat keine Ahnung, was Schmerzen sind. Noch nicht.

Ich sehe nur, der Typ holt aus, er hat etwas Riesiges in der Hand. Größer als ein Backstein. Ich greife das Pfefferspray, doch er wirft. Ich lasse das Mädchen los, sie schlägt mir das Spray aus der Hand. Das Ding fliegt, ein Reflex und ich fange es. Es ist erstaunlich leicht. Das ist doch ... Es starrt mich mit großen schwarzen Augen an. Ein Teddybär?

Kurz sehen wir uns an, der Chaot, die Schlampe, ich und der Teddybär. Dann muss ich lachen. Völlig unprofessionell, ich weiß, aber es geht nicht anders. So albern. Ich hätte nie gedacht, dass das mein Leben ist. Stehe hier, im Krieg, mit einem Teddybär. Ich kriege mich nicht mehr ein. Der Typ grinst schräg, das Mädchen zieht ihn weg. Kurz überlege ich, hinterherzusprinten, aber mein Scharnier ist beschlagen. Die Uniformen sind für vieles gemacht, aber nicht für Lachen. Disruptive Kriegstaktik aus dem Bilderbuch. Was hätte Wallenstein bei Teddybären geraten? Die Chaotenmasse hat mich gesehen. Rückzug, ganz sicher Rückzug.

Ab durch die Passage, ein Stein fliegt knapp an meinem Kopf vorbei, ich spüre den Luftzug. Er kracht in das Schaufenster neben mir, die Splitter nieseln auf mein Scharnier, prasseln auf meinen Helm. Mein ganzer Körper krampft, ich laufe weiter, der Running Man, ich bin Arnold Schwarzenegger und werde, wenn es sein muss, auch Gouverneur und vögle meine bratzige Putzfrau. Ich sprenge aus der Öffnung auf die Straße – verdammt. Um mich nur Autonome. Ich bin hinter den Reihen. Hinten, an der nächsten Kreuzung, sehe ich meine Einheit. Noch hat mich keiner gesehen. Ich renne los, von hinten auf die Autonomen zu, gebe einem einen Schlag auf den Hinterkopf, dass er sofort ausgeht, und springe in die Kampfzone zwischen den Fronten. »EY, DA IS‘N BULLE!«, schreit ein unvermummter Typ mit weißem Hemd und Goldkette, Typ Fußballhooligan. Er greift zum Stein.

Überall Brocken, Scherben, brennende Paletten. Gas liegt in der Luft. Ich bin im Ersten Weltkrieg, renne über das Niemalsland von Verdun. Es kracht neben mir, Katzenköpfe schlagen auf. Ein Schlag am Hinterkopf, wahrscheinlich eine Flasche. Becks Gold, erfrischend anders? Nichts, was mich umhaut. Ich falle etwas nach vorne, kämpfe mit dem Gleichgewicht. Eine Lücke im Geschwader tut sich auf, nahe der Ecke. Ich rase durch, falle auf die Kreuzung, und dann ist da dieser Ton. Ein grässliches, lautes Dröhnen. Ein Monster. Plötzlich ist alles ganz langsam. Ich sehe zur Seite, mein Nacken knackt. Der Stern ist keinen Meter vor meinem Kopf. Um ihn wie ein Maul ein riesiger schwarzer Kühler. Bis zum Ende meines Sichtfelds in alle Richtungen blau, ich weiß, es ist Metall, ich weiß, es kann mich zerquetschen wie eine Assel. Kurz stoppt die Zeit. Müsste jetzt nicht das Leben an mir vorbeilaufen? Doch da ist nichts. Da ist nur das Jetzt, das am Leben sein und das Gleich, das Schwarz, das Ewige. Der absolute, unbeschreibliche Horror. Ich begreife. Alles, was ich denke, habe und bin, ist gegen diese ultimative Gewalt: absolut nichts.

Die Zeit geht wieder an, ich fliege weiter, sehe den Rand des Wasserwerfers, Licht. Ich höre das Kreischen der Bremsen, spüre den Aufprall an meinem Bein, die Drehung. Ich werde geschleudert, ich sehe noch einmal die auf die Vorderachse in die Knie gehende Maschine, den Rauch der Reifen, dann verwirbeln die Farben, das Licht geht aus.

Ich erwache mit einer Kiste unter den Beinen. Sanitäter rütteln mich, leuchten mir in die Augen.

»Herr Schabowski? Können Sie uns hören?«

»Laut und deutlich.« Ich versuche mich aufzusetzen.

»Wie fühlen Sie sich?«

»Blümerant.«

»Ab wann tritt die neue Regelung in Kraft?«

Hat er das wirklich gesagt?

»Das tritt nach meiner Kenntnis ... ist das sofort, unverzüglich.«[xxviii]

Was? Spricht da der Schock? Es reicht, ich stehe auf.

»Moment, bitte warten Sie, wir müssen ...«

»Verpisst euch!«

Ich stehe auf und löse den Helm.

»Sie dürfen jetzt auf keinen Fall den Helm ...«

»WENN IHR MICH NICHT GLEICH IN RUHE LASST, GIBT ES HIER NICHT NUR EINEN, SONDERN ZWEI TOTE!«

Das scheint zu sitzen. Wieso grinsen die? Ich eiere hinter die Wagen, setze mich an einen Baum. Ich sehe in den Himmel, ein Tag und eine Jahreszeit wie jede andere in Hamburg. Ich habe noch nie ein schöneres Grau gesehen. Vielleicht spricht da die Gehirnerschütterung, aber auf einmal wird mir klar, was mir klar geworden ist. Dass mein Leben viel zu kurz ist, um mich in kleinen Kämpfen aufzureiben. Dass das Leben Zweck an sich ist. Nicht die Ich-tröste-mich-darüber-hinweg-ein-Verlierer-zu-sein-Hippiescheiße, sondern dass ich leben will. So lange wie möglich. Das will jeder meiner Kollegen, das wollen die Steinewerfer da drüben. Wir streiten hier um Krumen, dabei sollten wir zusammen Brötchen backen. Was nützt es mir, wenn der Staat unternehmerisch und ordentlich ist, wenn ich mit 60 blutigen Krebs ausscheiße?

Einsatzkräfte schlurfen vorbei. Verbeulte Helme, hinkend, rosa bespritzt. Sie sehen mich fassungslos an. »Ist was?«, rufe ich. Einer zeigt auf meinen Bauch, er lächelt. Sind hier nur noch Schwuchteln? Ich spüre, wie meine Hände sich entkrampfen.

Ich spüre, wie es weich wird. Ich sehe herunter: der Teddybär. Er hat der Schlacht ein Opfer gebracht: seine Augen.

Befreite Spätis

Mit jedem Wurf gehen die Autonomen weiter vor, sie performen optimal unter den Marktbedingungen. Selbst die härtesten Möchtegern-Chuck Norrisse unter den Bullen zucken ruckartig zurück, als die Steine sie treffen. Wie Zombies bei Gewehrschüssen. In der Masse taucht eine Flamme auf, in diesem Moment setzt ein Wasserwerfer zurück. Ein Molotowcocktail. Die Polizisten fliehen, geordneter Rückzug ist ab jetzt für den Arsch. Der Wasserwerfer kreischt im Rückwärtsgang, wie im Krieg verstecken sich die Polizisten hinter ihm. Krachend landet der Molli vor ihnen. Die nette Variante, aber mehr als genug. Wäre noch gefrorenes Orangensaftkonzentrat drin gewesen, wäre es Napalm. Sie fahren nicht nur hinter ihre vorherige Linie, sie geben auch die nächste Kreuzung ab.

Ein kleiner Sieg in einem Krieg, den wir seit Jahrzehnten chronisch verlieren. Die Autonomen jubeln. Hunderte Mittelfinger strecken sich der verbeulten Fresse der Repression entgegen. Hier ist es »FUBAR«: Fucked up everything, beyond all repair.

Ich bin schweißnass, Maria ist neben mir. Wir lachen das irre Lachen von Junkies, die aus den schlimmsten Toiletten Schottlands auftauchen, von Yuppies, die kurz davor sind, mit der Axt den Kopf des Rivalen zu spalten, das Lachen am Ende des Flusses im Herz der Finsternis. Instinkte überrennen Synapsen. Ohne Zögern fallen wir uns in die Arme und küssen uns. Jetzt ist es zu wahr für Kitsch. Es gibt Momente im Leben, da muss man nicht mehr denken. Da ist alles klar. Und gut. Nach einer MDMA-Bombe, auf einem Helge-Schneider-Konzert und erst recht jetzt, auf einer brennenden Straße voller Pflastersteine mit ihr und einem ganz kleinen bisschen Hoffnung in dieser so wunderbar deprimierenden Scheißwelt.

Jetzt erst drehen wir uns um. Die Militanten fangen sofort an, mit Hämmern den Bordstein zu zerkloppen. Gute kommunistische Arbeiter, spontane Räteregierungen. Gruppen sprechen sich auf Italienisch, Französisch und Deutsch ab, jeder Handgriff sitzt. Die großen Stücke werden kleiner geschlagen, bis nur noch Katzenköpfe übrig bleiben. Wir nehmen uns ein paar, man weiß ja nie. Ist ja umsonst. Bauzäune und Straßenschilder werden auf die erste Barrikade geschoben, das hält sogar Räumpanzer auf. Endlich lenkte der Schilderwald den Verkehr effizient. Die Schanzenstraße ist hell erleuchtet, die Gesichter der Bewohner pressen sich an die Fenster. Das Feuer auf der Kreuzung lodert jetzt drei Meter hoch. Junge Türken aus dem Viertel schmeißen ganze Paletten und Plastikstühle rein. Einem Autonomen, der im Herz noch Hippie ist (passiert auch dem Besten – mit 15), sieht man an, dass er am liebsten klugscheißern würde, dass Plastik nicht ins Feuer gehört. Aber für die Revolution muss man eben Opfer bringen.

Wir biegen ein in die Bartelstraße. Hier hechtet nicht nur der Schwarze Block, hier lungern auch Studenten in Trainingsjacken, ein paar Alkis, Türken aus dem Kulturverein. Im Späti herrscht Hochbetrieb. Ironischerweise frisst der Kapitalismus sogar den Protest gegen ihn. Die Läden hier machen den Umsatz des Jahres, wenn ihnen nicht die Scheiben eingeschlagen werden. Deswegen haben fast alle offen. Vom Kapitalismus befreite Zone heißt anscheinend auch von Öffnungszeiten befreite Zone. Die Regale sehen aus wie Weihnachten in der DDR. Fast alles verkauft außer lauwarmem Schwarzbier. Jetzt muss man wirklich für die Revolution leiden. Doch zuallererst brav anstellen, wir sind hier in Deutschland.

»Na, geht ab hier, was?«, frage ich den Spätibesitzer.

»Na ja, auf jeden Fall, ja. Haben wir nischt genug.«

»Dachte, ihr hättet heute zu?«

»Nee, muss ja aufpassen auf Laden. Außerdem, jetzt beste Tag im Jahr.«

»Keine Angst gehabt, dass der Laden eingerannt wird?«

»Nee, isch hab ja Schild.« Er zeigt ins Fenster: »No G20, – Save our Store!«. Bestimmt ist der findige Einzelhandelskaufmann politisch absolut auf der Linie und will nicht bloß seinen Arsch retten.

»Sehr schön. Was meinst du zu Trump?«

»Isch weiß nicht, isch bin nicht so mit Politik und so. Für mich soll einfach jeder seins machen, die ihres, wir unsers.«

»Bis du Kurde?«

Harte Frage, da kann man schon mal aufs Maul bekommen, wenn nicht gerade das Viertel brennt.

»Natürlisch«, Glück gehabt.

»Du weißt schon, Trump und Erdogan sind dicke?

»Dann soll er brennen der Hund.«

»Prost.« Ich öffne mein schauderhaftes Neurotoxin. Klar ist das ganz weit weg von gesund. Eine Sünde gegen die Optimierung, die Produktivkraft Körper. Das »Maschinenbaukombinat 1. Mai« strebt schließlich die Planübererfüllung an! Man sollte nicht trinken. Aber die, die aufhören, kapitulieren. Der Kampf gegen das System ist der Kampf der revolutionären Zellen gegen den Volkskörper! Anarchismus ist Krebs!

Kurz nach der Welcome-to-Hell-Demo haben sich Gruppen von Autonomen auf, wie es die Medien nannten, »Zerstörungstour« begeben. Schön verteilt, wie die Wasserwerfer es forciert haben, zogen sie durch die Stadt. Schnell mit dem Ellenbogen die Autoscheibe zerschlagen, einen Pyro rein und die Scheißkarre abfackeln lassen. Für einen deutschen Michel aus dem fünften Stock der Mittelklassealbtraum. BMWs und Porsches gehen in Flammen auf. Wieso auch nicht? Klar heulen da die Eigentümer was von Ungerechtigkeit. Aber wer ist hier wirklich ungerecht? Der, der ein Auto anzündet, oder der, der den Gegenwert von 100.000 Mahlzeiten für afrikanische Kinder für einen tonnenschweren Haufen Metall ausgibt, mit dem er nur (schlecht) seine (mentale) Impotenz kompensiert?[xxix] Der allein damit schon die Umwelt so schwer belastet, dass in Bangladesch mal wieder ein paar Bauern absaufen (»Sind ja nur Schlammneger!«)? Der mit seinem Benzinverbrauch so ziemlich jeden Krieg in der Welt befeuert? Der, selbst wenn ihn die Restwelt und die in ihr segelnden Untermenschen nicht interessieren, mit seinen Abgasen und seinem Reifenabrieb den Feinstaub so extrem erhöht, dass jährlich 35.000 Menschen im Reich dreckig an Krebs verrecken?[xxx] Der nebenbei noch die vom deutschen Staat institutionalisierte Korruption beim Abgasbeschiss aller großen Autobauer fördert? Der dringend ohne Geschwindigkeitsbegrenzung auf Autobahnen fahren will, sodass sich das Todesrisiko exponentiell erhöht?[xxxi] Sind diese Leute, die sehenden Auges Mord und den motherfucking Weltenbrand in Kauf nehmen, wirklich besser als jemand, der sie daran hindert? Ja, es ist ihr eigenes Geld, und ja, wer sind wir, darüber zu entscheiden, was sie damit tun sollen? Die Konkurrenz schläft nicht, außer mit deiner Freundin. Im Liberalismus ist jeder frei, besonders aber ist er frei zu verhungern.

Nein, das dürfen sie eben nicht. Du darfst von deinem Geld auch keine Waffen kaufen, kein Plutonium und kein Konzentrationslager bauen. Das hat seinen Sinn. In den Geschichtsbüchern werden nicht die ausgelacht werden, die Autos angezündet haben. Die werden so gesehen werden wie Widerstandstäter bei den Nazis oder ein Georg Büchner der »Friede den Hütten und Krieg den Palästen!« ausrief. Porschebesitzer aber werden in die Geschichte eingehen als Vollzugsgehilfen der Macht. Als KGBler in der Sowjetunion, als Indianer ausrottender Siedler im Wilden Westen, als gieriger Sklavenhalter im alten Rom.

Die hätten sich bestimmt auch beschwert, wenn man ihre Anwesen angezündet hätte. Die Frage ist stets: Wer ist der Richter? Jetzt ist es das Gesetz, aber ist das die Mehrheit? Ist das demokratisch? Wenn der Planet den Bach runtergeht, ist es demokratisch, wenn wir hier entscheiden, Porsches fahren zu dürfen? Sollten ersaufende Bangladeschis nicht mitentscheiden? Wenn wir tödliche Hamburger essen wollen, ist der Wille von Millionen unter grässlichsten Bedingungen in Lagern eingepferchten Tieren irrelevant? Natürlich, auch der Sturm auf die Bastille war illegal. »Landfriedensbruch«, wie der ausschließlich deutsche Sonderweg zur Ächtung aller Straftaten heißt, die zu diffus die Macht infrage stellen. Passender wäre: »demokratische Umtriebe«.

Wir ziehen weiter zur Roten Flora. Die Studenten mustern uns, manche wohlwollend, andere ängstlich. Aber die meisten von ihnen verstehen, was wir machen. Dazu ist Bildung ja da. Wir biegen ins Schulterblatt. Wie ein Heidentempel des Widerstandes liegt die Rote Flora vor uns. »No G20!« prangt in einem riesigen Neonleuchtbuchstaben auf dem Dach. Die zuplakatierte und faulige Fassade versinkt im Rauch der vielen Feuer. Von hier aus ist in jede Richtung eins auf den Kreuzungen zu sehen. Wir sind in der Höhle des David.

Natürlich wird sich die Rote Flora im Nachhinein von den Krawallen distanzieren müssen. Die wären ein zu perfekter Vorwand, um sie endlich zu schließen. Seit Jahren versuchen korrupte Immobilienhaie wie Klausmartin Kretschmer, ihre Fettfinger an diese 1-a-Lage zu legen. Mit dem Vornamen wirkt er wie eine Karikatur, aber was er verbricht, ist leider wahr: Er fragte sogar Sicherheitsleute, »wie viel es kosten würde, sie anzuzünden«![xxxii] Mittlerweile ist sie zum Glück Teil einer Stadtstiftung, wenn auch auf wackeligen Beinen. Die Lage ist unter anderem so gut, eben weil die Rote Flora da ist. Eben weil noch der letzte verzweifelte Stuttgarter Spießer sich gerne eine Eigentumswohnung dort von den Eltern kaufen lässt, wo Leute nicht so schmerzhaft blöd sind wie er. Die Gegend um die Flora ist mit Abstand die lebensgefühligste in Hamburg. Wir laufen vorbei an Klinkeraltbauten, durch kleine gebogene Straßen mit Treppenaufgängen wie in Harlem. Viertel, die noch gebaut wurden, damit Menschen sich auf der Straße treffen und miteinander reden oder sich eben die Köpfe einschlagen. Aber zumindest waren sie nicht isoliert, kontrollierbar und saßen nur vor der Glotze. Kultivierte Angst im Vorgarten.

Wir laufen die Schanzenstraße weiter bis an die S-Bahn-Brücke und da sind endlich alle. Gemütlich essen sie eine Pizza, während keine fünf Meter weiter die Straße brennt. Echte Hamburger Lebensart. Voll kommunistisch klauen wir uns ein paar Stück, die haben eh zu erzählen. Ganz Salonkommunisten sind sie mit der S-Bahn, als diese noch fuhr, direkt bis zum S-Bahnhof Sternschanze gefahren. Türen auf und es brannte. So muss das sein.

Plötzlich ein dumpfer Knall wie von einem abstürzenden Hubschrauber. Wir lassen alles stehen und rennen in die Susannenstraße, kurz vor der Bartelstraße. Auf einmal geht alles wahnsinnig schnell. In einem Hauseingang ziehen unsere Bekannten sich um; von bunt auf schwarz. Am besten man macht das, wenn nicht so viele Augen zusehen, denn sonst kann man schon mal erschossen werden. Ganz recht, das hält die Polizei für angemessen.

Einen Steinwurf von hier wäre das heute fast geschehen. Drei Autonome wollten sich vermummen und da hielt doch tatsächlich ein Typ Marke Dr. Oetker die Handykamera auf sie. Das war ein typisches Vorstadt-Entdeckerbienchen, das ein bisschen was erleben wollte. Mit seinem Fahrrad radelte er mitten in die Schanze und ihm fiel wirklich nichts Besseres ein, als die drei zu filmen. Selbst als sie sagten, er solle liebenswürdigerweise aufhören, weigerte er sich. Das Geschrei war groß, als er was auf die Fresse bekam. So ein Vollidiot, das passiert dir auch bei jedem Kiezrambo, der nicht der ganz persönliche

Star in deiner selbst gedrehten Nachmittagssoap sein will. Der wahrste Satz der Welt: Es ist immer das Gleiche. Leute, die ein beschissenes, leeres Leben haben, versuchen es durch Regelfaschismus sinnvoll zu machen. Die sollten alle eine unfreiwillige soziale Dekade in Albanien absolvieren. Auf jeden Fall gaben sie ihm aufs Maul und dann schoss jemand. Zum Glück erst in die Luft, aber dann hielt er die Waffe auf sie, bis er das Bienchen in »Sicherheit« bringen konnte. Also zu einem Bewaffneten. Ein Glück konnte ein anderer Spießer das vom Balkon aus filmen, den bösen Autonomen hätte man das nie geglaubt. Der Kerl mit der Waffe war ein Polizist in Zivil, der den angegriffenen ebenfalls für einen Polizisten in Zivil hielt. Ist ja auch logisch: Jemand, der sich wie ein Vollidiot verhält, ist wahrscheinlich Polizist. Wenn die NPD schon nicht verboten werden kann, weil ihr Programm zum größten Teil aus der Feder des Verfassungsschutzes kommt, sind locker die Hälfte aller Nazis staatlich gesponsert. Deswegen, liebe Kinder, legt eure Vermummung im toten Winkel an.

Wir kommen gerade rechtzeitig. Die Bullen versuchen, unter die S-Bahn-Brücke in der Bartelstraße vorzudringen. Panik klatscht uns entgegen, verschreckte Studenten und Anwohner rennen um ihre bürgerliche Existenz. Ein Räumpanzer fährt mit voller Wucht auf die Barrikade, aber die Drahtgitterzäune knittern sich in seinen Reifen fest. Dann kommen wir. Ein wahnsinniger Pyromane hat anscheinend die Feuerwerkskörper der letzten Jahre aufgehoben und schießt eine Rakete nach der anderen. Irgendjemand wirft noch zehn, zwanzig Pyros. Die leibhaftige Hölle tut sich um die Bullen auf. Wir stürmen nach vorne, unsere Schreie hallen unter der Brücke. Das machen die Bullen auch gerne, um uns Angst einzujagen. Jetzt pissen sie sich ein. Sie spritzen uns Tränengas entgegen wie verschreckte Insekten. Als Antwort greifen sich drei Typen eine brennende Palette und schleudern sie den Bullen entgegen. Da ist es wieder, das Kreischen des Rückwärtsgangs. Das Geräusch des kleinen Sieges. Wir schicken ihnen noch ein paar Steine zum Abschied nach, aber es ist klar, bis zu dieser Brücke und keinen Meter weiter. Es sei denn, ihr steht auf die ultimative Realität: Schmerzen.

Maria hat eine Familienpackung Tränengas abbekommen. Ich hole Wasser raus. Hilft kaum, aber es hilft auch nichts besser gegen demokratisch legitimiertes Gift. Dicke Tränen rollen ihr übers Gesicht, sie hasst das. Es brennt, aber besser kurz und schmerzhaft als lang und qualvoll. Wie die Revolution. »Bei uns hatte die Revolte einen Namen«, sagt sie. »Weil man in Brasilien das Tränengas mit Essig auswaschen konnte. Ist auch scheiße, aber besser als Gas. Und dann hat die Regierung natürlich Essig verboten. Salat war also illegal. Und wir die Salatrevolution!«

Die Hubschrauber donnern immer noch nervig über uns, wir sammeln uns mit den anderen. So viel Arbeit, jetzt ist es Zeit für das Vergnügen. Was wollen echte Autonome? Shoppen natürlich. Nur eben, ohne zu bezahlen. Mittlerweile gibt es ja kein Kaiser's mehr, überall ist nur noch Rewe. Das ist ganz gut, dann muss man der lustigen Kanne und Schildkröte nicht mehr in die Fresse hauen. Oder die allseits beliebte »Einkaufsgenossenschaft der Kolonialwarenhändler«? Leider ist kein Edeka in der Nähe, wer Kolonialwaren in seinem Namen hat, der hat verschissen bis in die Steinzeit und zurück. Wer das Wort Genossenschaft schändet, der auch. Der Rewe an der Altonaer Straße muss herhalten. Einige reißen ein Verkehrsschild aus dem Boden und rammen es immer wieder in die Scheiben. Zwei, drei Mal genügen und alles zerfällt zu Scherben. Kein Vergleich zu den gepanzerten Banken oder sogar dem verfickten IKEA. Ein Glitzerregen und hereinspaziert die Damen und Herren, es herrscht 100 % Rabatt auf alles. Ist es so, wie sich dieser grässliche Kommunismus anfühlt? Eben waren wir noch um die 100, auf einmal mindestens doppelt so viele, noch ein paar Wählergeschenke und wir sind mehrheitsfähig. Es ist dermaßen befreiend, durch die Kasse in den Supermarkt hereinzugehen und zur Begrüßung ein Regal umzuschmeißen. Wo wird man sonst so verarscht, so in Labyrinthe geleitet und so unfreiwillig mit ner-

venzerfetzender Popmusik zugedröhnt wie in Supermärkten?
Komm schon, schön einmal mit der Rückhand in die Shampoos, dass es spritzt. Die ganze giftige Parabenwichse fließt auf
den Fußboden. Schade, hier hätten so viele Krebs kriegen können. Was haben wir denn da, das Schnapsregal? Na, dann nehmen sie erst noch mal ein paar Flaschen Wodka mit, den besseren, den haben die sich verdient. Noch schädlicher, fast 50
prozentiger Rum, der ist für die Bullen. Draußen bildet sich eine
Traube von Schüchternen, einer von uns greift sich das ganze Kondomregal und schmeißt es auf die Straße. Und sieh an,
da bedienen sich sogar die Verklemmtesten. Eine Gruppe zieht
noch die komplette ineinandergeschobene Reihe Einkaufswagen auf die Straße und wirft sie um. Das metallische Knallen
wird von den Klinkern zurückgeworfen. Nach ein paar Minuten ist genügend Holz und Schnaps drauf, dass die ganze Reihe brennt wie Zunder. Hier sieht es jetzt aus, als wäre Godzilla
durchgerannt, mit ein paar seiner Kumpels, auf dem Junggesellenabschied, angezogen in Mancinis, zehn Bier drin, jetzt kommen die Shorts, er hat Jägermeister in den Händen und schreit:
»WER HAT BOCK?« Wenn man die Straße so runtersieht,
Blaulicht in der Ferne, leere dunkle Häuser, und die roten, fast
violett flammenden Einkaufswagen, ist Hamburg die schönste
Stadt der Welt. No offense Bochum.

Die Medien werden sagen, die Autonomen hätten auch IKEA
angezündet. Sie haben recht. Zumindest den Eingang. Das heißt
ungefähr zwei Quadratmeter von 40.000. Ein paar Kumpels
waren dabei, als das Glas sich weigerte, nachzugeben. Erst die
Hämmer, dann ein Straßenschild und als das erste Loch offen
war, musste man Hebeln wie Sau. Drinnen harrten tatsächlich
noch Praktikanten aus und telefonierten wie wild. Wie kann man
nur so wahnsinnig sein und ein Geschäft beschützen wollen, das
so gut wie keine Steuern zahlt?[xxxiii] Im Ernst, IKEA ist rechtlich – bestenfalls – eine Art skandinavischer Verein und übt sekündlich mehr Verbrechen am Gemeinwohl aus, als wir an einem ganzen Abend randalieren. Man müsste alle paar Minuten

einen Rewe anzünden, um die gigantische Steuerschuld von einer Milliarde (bis 2014!) aufzuholen. Da hört es nicht auf: IKEA fällt nicht nur in Schweden, sondern auf der ganzen Welt brachial Bäume, um Möbel zu produzieren, die nach einem halben Jahr gleich wieder auf dem Müll landen. Noch nicht genug? Der Gründer, Ingvar Feodor Kamprad, war ein bekennender Nazi.[xxxiv] Das ist das Unternehmen, auf das man auch den mindesten Scheiß geben soll? Würden alle IKEAs sofort explodieren, wäre die Welt um einiges schöner, gerechter und gesünder. Das gilt übrigens auch für McDonald's, KFC und Banken. Wie es der Zufall will, ist ein McD unter den S-Bahn-Brücken. Aber die sind besser verbarrikadiert. Die Autonomen schlagen wie bescheuert auf die Scheiben ein. Die splittern zwar, gehen aber nicht kaputt. Die Banken haben in weiser Voraussicht vorher das Feld geräumt. Viel mehr als ein paar leere Geldautomaten bekommen wir nicht zertrümmert. Ein kleines Andenken an Hanns Martin Schleyer. Wie sagten die Kommunarden und Andreas Bader? »High sein, frei sein, Terror muss dabei sein!«

Ja, es gingen auch der eine Tante-Emma-Laden und die lokale Drogerie zu Bruch. Ja, das war idiotisch. Das muss man nicht verteidigen. Aber es gibt überall Idioten und wenn wir nur halb so viele hätten wie die Polizei, die Politik oder die, beim G20-Gipfel sitzen, wäre die Welt ein Paradies. Eine Arschgeige von einer Backwarenkette wird sich später noch hinstellen und Warnschüsse in die Beine von Autonomen fordern. Das muss man sich mal auf der Zunge zergehen lassen. Das sind die Leute, die unsere Gesellschaft ausmachen. Die ehrlichen Stützen, die Einzelhandelskaufmänner und -frauen. Die, die überhaupt nicht darüber nachdenken, dass ihre widerliche Franchisekette nicht nur sie ausnimmt, sondern auch die alten Bäckereien im Viertel zerstört. Die Leute mit parfümierten Weißmehlklopsen in die Fettleibigkeit treibt und deren billige Brötchen mit teuren Krankenhausrechnungen vom Staat ausgeglichen werden müssen. Denen gehört nicht nur heute der Laden eingeschlagen, sondern jeden Tag. Es gibt Länder, wie Australien, wo sich Leute schlicht geweigert haben, zu Ketten wie Starbucks zu gehen. Die mussten sich dann wieder zurückziehen. Hier sind die Leute anscheinend zu blöde. Deswegen machen die Autonomen es ihnen einfach und schlagen den Laden kurz und klein.

Mittlerweile ist es nach eins. Einige hacken Steine, ein paar trinken Bier und für ein paar ist der revolutionäre Akt ganz alkohol- und humorfrei zu genießen. Für andere nicht: Freud sah darin keine Kapitulation: »Der Humor ist nicht resigniert, er ist trotzig, er bedeutet nicht nur den Triumph des Ichs, sondern auch den des Lustprinzips, das sich hier gegen die Ungunst der realen Verhältnisse zu behaupten vermag.«[xxxv] Memes gegen die spätkapitalistische Tristesse. Man riecht ein bisschen Gras, aber nicht viel, kiffen und Randale sind kein Dream-Team. Wieder so ein Geniestreich des Staates. Alkohol ist legal und bei jeder Hochzeitsgesellschaft gern gesehen, obwohl es die Droge ist, auf der die Leute morden, vergewaltigen und Raubüberfälle begehen. Wie viele Kiffer haben schon Tankstellen überfallen? Wie viele ihre Frauen durch die Wohnung geprügelt? Der Einzige, der mir einfällt, ist der Typ in Berlin, der seiner Frau den Kopf abgeschnitten und ihn in den Hof geworfen hat, weil er dachte, sie wäre der Teufel. Aber der hatte noch ganz andere Probleme als die Kiffe.

Neben mir sitzt Patros auf dem Bordstein. Er ist Grieche und ein Weißkäseerzeugnis. Natürlich ist das nicht sein richtiger Name, lieber Nazi in der Arbeitsbeschaffungsmaßnahme »Verfassungsschutz«, der du dies zum Schutze des Staates vor Lächerlichkeit liest. Seine Mutter ist jetzt HIV-positiv und das ist so wahr wie unappetitlich. Und du bist schuld. Nicht sie, weil sie wahllos rumvögelt, wie wir es gerne von den Barbaren im Süden denken. Sie hat sich mit dem Virus infiziert, um nicht vom letzten Rest Sozialhilfe und Krankenversicherung ausgeschlossen zu sein. Ihr Haus wurde in der Wirtschaftskrise beschlagnahmt, die deutschen Banken müssen bezahlt werden. Jetzt weiß Patros nicht, wie lange sie noch zu leben hat. Aber er weiß, welches

Malakka schuld ist. Er möchte ihm so viel Schaden zufügen, wie es nur geht. Ihm ist scheißegal, dass auch wir hier nicht die Revolution erzwingen werden. Das weiß er, das weiß ich. Er will einfach nur eine Welt brennen sehen, die so etwas erlaubt. Er will, dass alle wissen, dass, wenn Trump und seine Erfüllungsgehilfen sich hier blicken lassen, die Stadt explodiert. Er will nichts weniger als den Weltenbrand. Darauf stoßen wir an.

Oder Hamad, ein Kurde aus dem Viertel. Für ihn ist all das hier Ringelpiez mit Anfassen. Er hat gerade bei der YPG und PKK gekämpft. Das ist die kurdische Miliz, deren Anführer Öcalan seit Jahren in Haft sitzt, und die sich für so häretisches wie Frauenrechte und Anarchokommunismus einsetzt und die Teile im Norden Syriens kontrolliert. Die so was Ähnliches wie Ordnung schafft. Die jetzt von beiden Seiten der Breite nach in den Arsch gefickt wird. Der verrückte NATO-Diktator Erdogan hasst sie und der Islamische Staat oder was von ihm übrig ist, hasst sie erst recht. Aber sie bekommt auch Hilfe, von den Kurden in der Türkei, von den Kurden im Irak und eben von den Kurden hier. Von Königs Wusterhausen bis Kobane. 40 Millionen Menschen warten bis heute auf die Anerkennung, die ihnen von den Kolonialmächten und den Nachfolgern, also uns, verwehrt wurde.[xxxvi] Nur weil jemand vor hundert Jahren Linien mit einem Lineal über eine Landkarte gezogen und sie vergessen oder ignoriert hat, sitzen sie eben so lange in der Scheiße. Da hat Hamad keinen Bock mehr drauf. Da haben sogar die Frauen keinen Bock drauf. Sie haben gefürchtete Kampfbrigaden gebildet. Die Islamisten glauben, wenn man von ihnen erschossen wird, kommt man nicht ins Paradies. So ist das mit Märchen, wenn man einmal anfängt, eines zu glauben, dann kann man alle glauben. Oder muss. Ich frage ihn, ob er schon mal jemanden getötet hat. Da klopft er mir auf die Schulter und sagt: »Mach's gut.« War wahrscheinlich nur paranoid.

Unter Autonomen wäre er damit ganz gut beraten. Denn die sind fast so paranoid wie der Staat, haben aber wenigstens einen Grund dazu. Die Machthabenden deklinieren bei jeder Gelegenheit lächerliche Feinde wie Islamisten oder eben Autonome durch. Selbst die um einiges krasseren Islamisten bekommen so gut wie nichts hin. 135 Tote 2016, in ganz Europa?[xxxvii] Der Verkehr tötete in der gleichen Zeit 25.500. Jährlich sind es weltweit 1,25 Millionen Tote (doppelt so viele wie durch Krieg, Verbrechen und Terrorismus sterben – weil wir »Arbeitsplätze erhalten müssen!«).[xxxviii] Das sind 188 Mal so viele Menschenleben. Und »Linksterroristen«? Null. Seit 1975! Und faschistische Wichsblätter wie der Tagesspiegel sehen sich trotzdem zu triefendem Unsinn wie diesem hier genötigt: »Der Verzicht auf Morde bedeutet aber kein Ende von Militanz.«[xxxix] Die zünden ein paar Barrikaden an und werfen ein paar Steine. Davon wird der Kapitalismus sicher sofort zugrunde gehen. Aber der Staat verfolgt sie, eben weil er sonst keinen Widerstand hat. Gäbe es den Schwarzen Block nicht, dann würde ihn der Verfassungsschutz erfinden. Er ist die perfekte Mischung aus militaristischer Harmlosigkeit und irrationalem Angstpotenzial, das man für juristische, politische und polizeiliche Aufrüstung instrumentalisieren kann.[xl]

Im Gegensatz zu den Rechten drückt er den Linken leider keine Kohle in die Hand. Er hilft ihnen auch nicht, Parteien zu gründen, und ignoriert unsere Straftaten nicht jahrzehntelang, auch wenn sie einen Blumenhändler nach dem anderen umnieten würden. Was er allerdings macht, ist ihre Telefone abhören, ihre Kommunikation belauschen, ihre Wohnung durchsuchen, ihre engsten Freunde zu Stasi-Spitzel machen und sie ficken. Ja, richtig gehört. Das ist in der Roten Flora passiert. »Maria Block« war eine Agentin der Hamburger Polizei. Sie freundete sich mit mutmaßlichen »Linksterroristen« an und stieg sogar mit denen ins Bett.[xli] Genau wie die DDR Komprimat über West-Politiker zusammenstellte, indem sie Nutten in den Dienst nahm. So, und jetzt sagen wir alle zusammen: »Unrechtsstaat«.

Also: Vorsicht. Als wir die Schanzenstraße entlanggehen, sehen wir eine Internationale an Autonomen. Eigentlich ein erstklassiger Anblick, aber im Gegensatz zu dem, was paranoide Innenminister so rausposaunen, sind sie keine weltweit vernetzte schnelle Eingreiftruppe. Sie sind nicht das GSG 9 des Anarchismus. Sie sind, wie es der Staat nennen würde, kleine flexible Zellen, sie sind, wie Menschen ohne Verfolgungswahn sagen, Freunde. Was weiß ich schon, ob der Typ da hinten aus Griechenland, Italien oder Island kommt? Ob er Kommunist ist, Anarchist oder einfach ein Typ, der mal richtig Ärger mit den Bullen sucht? Warum nicht? Ob es gerechtfertigt ist, ist eine andere Frage. Krawalltouristen? Das wären Soldaten. Der hier dagegen, der in der Maschinerie aufgewachsen ist und nicht genau sagen kann, was ihn stört, aber der weiß, dass irgendetwas unendlich schiefläuft, bringt wenigstens keinen um. Es gibt eine wunderbar absurde Studie, die zeigt, dass Menschen, die Drogen probiert haben, im Schnitt intelligenter sind.[xlii] Ich würde meinen Arsch darauf verwetten, dass das umso mehr für Krawall gilt. Manche »Linksterroristen« sollen sogar noch Außenminister geworden sein. Aber so viel Korruption ist nichts für jeden.

Nur eins geht natürlich überhaupt nicht: Nazis. Die haben es versucht. Auch noch die widerwärtigsten von ihnen, ganz dreckige Feigenblatt-Verklemmte. »Identitäre« nennen die sich. Die machen einen auf Völkerverständigung und alle sind glücklich und so, aber bitte in ihren eigenen Ländern und nicht hier. Wenn sie an der Grenze verhungern, dann, inschallah, ist das eben so. Das sind die, von der unsere Demokratur die Narrative hat, die Sea Watch und andere Flüchtlingsrettungsboote wären keine Fluchthelfer (wie die Helden in der DDR!), sondern Menschenhändler. Allerdings war es ziemliches Comedy-Gold, als die »Identitären« schließlich selbst ein Schiff charterten, um die Sea Watch zu »ertappen«. In Zypern beantragte ihre halbe sri-lankische Crew Asyl. Eine Anzeige wegen Menschenschmuggel kam gleich hinterher. Zahlt sich eben nicht aus, Praktikantensklaven zu halten.

Als eine von den »Indentitären«-Schlampen auf der Welcome-to-Hell-Demo auftauchte, gab es sofort auf die Fresse.

Da muss Gender hinten anstehen. Wer hier versucht, so ein komisches Querfront-Ding anzuleiern, der bekommt sofort den Kopf in den nächsten Mülleimer.

Es geht allerdings noch krasser ab. Ein paar Vermummte an der Front sollen wirklich Mitglieder vom rechten »Antikapitalistischen Kollektiv« gewesen sein – obwohl die Beweislage dafür mehr als dürftig ist. Die Einzigen, die sich auch ohne Quellenangabe sicher sind, sind Leitmedien wie die »Bild« und der »Focus«.[xliii] Aha. Das »Antikapitalistische Kollektiv« ist ungefähr so antikapitalistisch wie die »Initiative Neue Soziale Marktwirtschaft« neu oder sozial. Sie ist eine der zahlreichen Nazi-Gruppierungen, die der Staat mit seinen V-Mann-Subventionen herangezüchtet hat. Niemand behauptet, dass es mehr als eine Handvoll waren, wenn überhaupt.

Ich bin kein Freund von »Lügenpresse«-Gebrülle, aber diese Meldung scheint mir ziemlich fragwürdig. Jeder, der hier einen Nazi entdecken würde, würde dem sofort mit dem Laternenpfahl auf die Zwischendecke geben. Die würden an den Marterpfahl gebunden und die wilde Meute würde sich schwarze Streifen ins Gesicht malen und im Kreis herum tanzen. Wenn hier tatsächlich ein paar verirrte Nazis waren, dann müssen sie konsequent die Fresse gehalten haben. Um einiges wahrscheinlicher ist es allerdings, dass hier einige V-Leute versucht haben, unsere Sache zu diskreditieren. Ich meine, an jeder scheiß Ecke stand, als die Bullen noch da waren, ein Zivi. Seit Genua wurde bei jedem Protest gegen G8, G20 oder andere Jachtklubs nachgewiesen, dass 47Agents Provokateures von der Polizei nicht nur eingeschleust wurden, sondern aktiv Gewalt angestoßen haben.[xliv] Wenn das wirklich Nazis gewesen sein sollen, dann macht sie transparent und zeigt, wo die ihre Knete herhaben. Wahrscheinlich werden die aber auch, wie alle wirklich wichtigen Nazis und Terroristen, auf der Flucht erschossen. Ganz tragische Zufälle.

Die Party geht weiter, doch mittlerweile legt sich eine gespenstische Ruhe über die Schanze. Wir sind im Auge des

Sturms, da machen wir uns nichts vor. Ich kann mich nicht erinnern, bei einem Krawall so lange nichts zu tun gehabt zu haben. Erstellt hier bitte mal jemand einen vernünftigen Fünfjahresplan? Barrikaden, plündern, Nachschub – irgendwann ist man damit durch. Geht es jetzt weiter nach Blankenese? Man merkt, Olaf Scholz ist die Stadt mit Anlauf egal, solange sie komfortabel von den Herrschenden durchfahren werden kann. Wären wir ein Nazi- oder Islamistenmob oder das, was Herr Scholz uns vorhält zu sein, wären schon lange Menschen gestorben.

Dann, als Trump seine warme Milch bekommen hat und im Bett liegt, traut sich die 20.000 Mann starke Repression zurück. Es kracht wieder an der Altonaer Straße, beim Rewe. Der Wasserwerfer fährt vor, aber hinter einer OSB-Platte bieten vier Autonome Widerstand. Einer zündet einen Pyro und hält ihn hoch. Noch ein Wasserwerfer kommt, noch ein Strahl. Methodisch gehen Sie ein paar Meter zurück. Noch einmal, bis sie bei uns sind. »Verpisst euch!«, schreit einer und wirft, sich der Symbolik bewusst, den ersten Stein. Sofort geht es los. Es müssen 200, 300 Leute sein. Wieder kracht es, Scherben fliegen, die Polizisten halten an. Jetzt sind auch welche mit Schildern dabei. Die, die man nur im Dunkeln zeigen kann. Sie rücken vor, wie eine römische Phalanx. Der Wasserwerfer löscht die Barrikade. Ein unvermummter Hippie mit blonden Rastas setzt sich auf die Straße, die Hände erhoben. Der Wasserwerfer fährt auf ihn zu, jetzt ist er keine fünf Meter entfernt. Er eröffnet das Wasser, nietet in um und schiebt ihn wie eine Schildkröte auf dem Rücken vor sich her. Dann bekommen auch wir eine Ladung Niagara. Egal, was du anhast, du bist sofort durchnässt. Nicht nur vom Wasser, auch vom Schweiß. Einen gerichteten Wasserstrahl abzubekommen, ist wie ein Faustschlag. Erst in die Fresse, dann in den Bauch, dann in die Eier. Das Fernsterilisierungsprogramm der SPD. Es wird unübersichtlich, die Autonomen verlieren die Initiative. Es wird Tränengas geschossen. Ein Autonomer mit nassem Tuch vor dem Gesicht nimmt die Kartusche und wirft sie zurück. Es raucht aus der Masse der Bullen, doch sie sehen nicht geschlagen aus. Eher wie ein vor Wut schäumendes angeschossenes Tier. An dieser Stelle ist die Kreuzung zu breit, als dass sie die Barrikade von Wand zu Wand hätten ziehen können. Die Polizistenwand hingegen kommt näher. Auf einmal rennen sie und schreien. Wie so oft im Leben: Das Glück läuft dir hinterher, aber du bist schneller.

Im Nebel

Zwischen meinen Füßen klappert es. Ich sehe nach unten und meine Knie sind weg, in weißem Rauch. Scheiße, Tränengas. »Welcher Vollidiot war das?« Panik macht sich um mich breit, wie fette Seelöwen schubbern die Uniformen aneinander. Selbst ohne die könnten manche sich nicht mehr unter ihren Bierbauch bücken. Muss man denn immer alles alleine machen? Ich hole tief Luft, taste im Nebel unter mir. Ich spüre, wie meine Augen zu Tränen beginnen. Durch das Scharnier sehe ich die weiße Wolke. Kurz fühle ich mich wie ein Astronaut in der Milchstraße, abgekapselt vom Mutterschiff. Ich will loslassen und ins Nichts treiben. Weg von den Schreien, dem Krieg, dem Tod. Auf einmal spüre ich die Kartusche. Ich greife zu, richte mich auf, werfe. Ein Schweif aus Rauch fliegt auf die Kreuzung. Ich kann nicht mehr, ich muss atmen. Erst aus, dann ein, zwei Liter Chili in den Lungen. Der Schmerz drückt mir fast die Augäpfel raus. Meine Lungen wollen sich umstülpen, ich huste, krümme mich, ein Schwächling. Arme greifen mir unter die Achseln, ich werde in den Einsatzwagen getragen. Das Leder der Sitze ächzt unter mir. »Alles okay?« Ich kann die fragenden Blicke fast spüren, die sollen weg, alle. Ich erinnere mich an den Gorilla, dem Sie durch Zeichensprache Wörter beibrachten. Gefragt, was der Tod ist, sagte er: Höhle, gemütlich, auf Wiedersehen. »Alles okay, wirklich, haut ab«, sage ich. Unsere Zivilisation ist weit gekommen.

Ich halte mir das Tuch ins Gesicht, ich sehe so gut wie nichts mehr. Von draußen dringen die Schreie vom Sturm rein. Der Einsatzwagen wackelt, als Hunderte Beamte in Monturen in Bewegung lossprinten. So viele wackelnde Bäuche, stampfende zellulitäre Schenkel, am Synthetik reibende Nippel. Alle vereint durch das Abstoßendsein. Ich stütze mich auf eine Tasche und fasse in etwas Weiches. Der Teddybär. Der Teddybär mit den fehlenden Augen. Ich nehme ihn auf den Schoß. Fürchtegott Gellerts Märchen vom Tauben und vom Blinden kommt mir in den Kopf.

»Der Lahme hängt mit seinen Krücken

sich auf des Blinden breiten Rücken.

Vereint wirkt also dieses Paar,

was einzeln keinem möglich war.

Du hast das nicht, was andre haben,

und andern mangeln deine Gaben;

aus dieser Unvollkommenheit

entspringt die Geselligkeit.«

Aber hier sind nur zwei Blinde, nutzlose, die nichts mehr können, außer sich trösten. Da draußen sind zweihundert Blinde und einhundert Lahme, die sich hassen, weil sie anders behindert sind. Plötzlich leuchtet mir ein, dass, lange bevor du jemanden wegen deines Hasses tötest, der Hass deinen inneren Frieden getötet hat. Sie durchfährt mich, stärker als Adrenalin, stärker als Koks, die Angst. Die Gebrechlichkeit. Der Tod. Ich bin an einem Punkt, wo mich kein Stichschutz, kein Training, kein Kamerad retten kann. Ich drücke den Bären und bin froh über das Tränengas. Ich bin froh, dass keiner sieht, dass ich heule.

Hofflucht

Maria zögert. Ich greife sie und wir rennen ebenfalls. Zurück. Einige, die ihre Zelle schon gebucht haben, bleiben stehen und geben dem ersten Bullen, den sie kriegen können, eins in die Fresse. Ich sehe noch, wie einer am Helm getroffen wird und wie ein Brett waagerecht in der Luft liegt. Die Füße vorne, der Kopf hinten. Dann kracht er runter. Dann krachen zehn Bullen auf den Typen, wie beim Rugby. Normalerweise würden andere reingehen und ihn befreien. Aber jetzt wäre das Selbstmord und der ist nicht gut für den Lebenslauf. Die Panik übermannt uns und wir rennen, wie der Urmensch vor dem Löwen. Plötzlich steht ein kompaktes Sechseck aus Autonomen neben uns und fragt: »Warum rennt ihr?« Wir drehen uns um und sehen, dass die Bullen stehen geblieben sind. Unser größter Feind ist nicht die Angst, sondern die Panik. Aus den Nebenstraßen und um uns herum kehrt die Menge zurück, greift wieder an. Aber es sind zu wenige, zu vereinzelt. Die Polizei hat ihr Selbstvertrauen zurückgewonnen. Unberechenbar schießen plötzlich leichter gepanzerte Bullen aus den Reihen und versuchen, sich die Leute zu schnappen. Flutlicht blendet in alle Richtungen. Der Lautsprecherwagen dröhnt, aber man kann wegen der Hubschrauber nichts verstehen. Die sind knapp über uns, das Rotorenrattern schneidet unser Denken in Scheibchen. Sofort und ungefragt spritzt es Pfefferspray. Ganze Wolken ziehen über die Straße. Die Polizei aus dem finsteren Fürstentum Bayern ignoriert die Vorgaben aus Hamburg, keines zu benutzen, wieso sollte sich die Polizei auch an Gesetzte halten?[xlv] Meine Augen brennen, als hätte man Bienen reingerieben. Ich huste, als würde meine Lunge sich umstülpen. Bei jeder Kontraktion des Halses ein scharfer, metallischer Schmerz. Ich sehe nach rechts, auch von dort kommen Bullen. Und nach links. »Die kesseln!«, schreit einer.

Ich gebe Maria ein Zeichen und wir hechten los, in die einzige Richtung, in der noch keine Bullen stehen, bis zur nächsten Kreuzung. Als wir es fast geschafft haben … taucht die nächste Reihe Bullen auf. Sofort riegeln sie auch diese Straße ab und zücken die Schlagstöcke. Jetzt werden die Hummer lebend gekocht.

Es ist wieder 1997 und ich bin auf den 1. Mai. Genau das Gleiche, von vorne und hinten wurde geknüppelt, was das Zeug hielt. Eine alte Kreuzberger Hippiefrau auf dem Fahrrad musste dran glauben. Damals bin ich in den Hof geflüchtet, über meterweise Zaun und Stacheldraht und kam als einer der wenigen raus. Jetzt rüttle ich an der Tür neben mir, an noch einer. Nichts, alles verschlossen. Ein Haus sieht für Hamburger Verhältnisse abgewrackt aus. Ich werfe mich dagegen. Nichts. Noch einmal gleichzeitig mit Maria, wieder nichts. Dann fällt mir dieser riesige Typ auf. Er steht mitten auf der Straße und fragt sich, auf welcher Seite die Knüppel der Bullen weicher aussehen. Maria sieht ihn. Sie rennt hin, zieht ihn am Arm mit und ein paar Sekunden später werfen wir uns zu dritt gegen die Tür. Es kracht, aber die Tür hält. Noch mal und noch mal. Beim dritten Mal bricht das Schloss aus den Angeln und vor uns tut sich der schönste, dunkle, vollgepisste Gang auf, den ich je gesehen habe. Das ist also der Tunnel, den alle vorm Sterben sehen. Der Typ dreht sich um und ruft alle, die noch auf der Straße sind. Die Bullen haben mittlerweile haufenweise Leute eingefangen und prügeln so viel wie nur möglich. Kleine Gruppen Gepanzerter, wie Kellerasseln auf verwesenden Leichen.

Maria zieht mich und wir rennen los. Das Gute an Hamburg ist, dass die Bebauung nicht so slummig ist wie in Berlin. Hier ist nicht erst ein Hof, dann noch ein Hof, dann noch ein Hof und zum Schluss eine Brandwand. Hier ist auch mal eine freie Fläche, eine Werkstatt, ein Eingang. Wir haben Glück. Eine einstöckige Remise mit einer Weinranke. Wir klettern und ab in den nächsten Hof. Dem folgt noch ein Hof, dann liegt der Ausgang vor uns. Rechts ein Hubschrauber, knapp über einem Dach schwebend und einen Lichtstrahl auf ein paar Leute richtend. Was wir nicht wissen, ist, dass nur ein paar Türen weiter ein Sondereinsatzkommando in dieses Haus eindringt und ihre Maschinengewehre den rentnerigen Bewohnern in die Fresse hält. Die erste Bürgerpflicht ist Angst. Manche müssen das eben auf die harte Tour lernen. Auf dem Dach fangen sie ein paar Autonome ein, die sich dummerweise beim Umziehen haben filmen lassen. Und beim Molotowcocktailrunterwerfen. Der soll anscheinend nicht gezündet haben. Für mich sieht das auf den im Netz einsehbaren Videos auch eher wie ein Pyro aus, aber das macht sich sicher nicht so gut, wenn man militärische Einheiten rechtfertigen muss.[xlvi] Oder ein G20-Gipfel, der pro Minute 45.138,89 € kostet.[xlviii]

Im Ausgang ziehen wir uns um. Wir sind völlig durchnässt, aber Adrenalin ist eine super Droge. Du spürst nichts. Die nassen, schwarzen Sachen ab in die Tonne. Alles andere war in einer Plastiktüte, um nicht aufzufallen, weil die Wechselsachen nass sind. Maria legt ein Ohr an die Tür. Ich horche ebenfalls. Nur dumpfes Gebrumme, selbst hier schallt der Helikopter durch den Hof. Langsam öffnen wie die Tür, sehen nach rechts und links. Überall Polizei, aber keine Sperren. Vereinzelt sind verirrte Zivillisten unterwegs. Romantik pur. Ich lege den Arm um Maria, wir gehen raus. Ich habe eine Glasbrille auf, ein Unterhemd an, viel zu enge kurze Hosen, sie ein Oberteil in Pink und Schwarz und Leggings. Zwei verloren gegangene Hipster auf Abendspaziergang. Obwohl wir schon alleine für das Outfit einen Schlagstock in die Fresse verdient hätten, bemerkt keiner, dass wir aus dem Haus kommen. Wir gehen weiter, Richtung raus. Ich unterdrücke meinen Pfeffersprayhusten, meine Augen tränen, ich sehe nur Aquarium. An der Kreuzung läuft ein Menschenstrom an den Bullen vorbei. Eine Kamera filmt jeden, grimmige Knüppelhalter warten darauf, bekannte Gesichter rauszuziehen. Wir nehmen uns an der Hand und laufen darauf zu. Ich zuerst, weil so macht man das als richtiger Boyfriend. Der Bulle guckt mich an, aber ich starre nur chronisch freundlich auf einen Punkt zwei Milliarden Lichtjahre hinter seinem Helm. Wir kommen durch. Noch einmal eine doppelte Dosis Endorphin für alle bitte. Maria drückt meine Hand so fest, dass mir fast die Knöchel aus der Gelenkschale springen.

Es muss jetzt gegen zwei Uhr sein. Sicher wissen wir das nicht, ohne Handy. Wir biegen schnell ab, Richtung Norden, weg von der Party. Nach so einer Aktion halbwegs heil nach Hause zu kommen, ist ein Glück, für das man Allah danken muss. So befreit haben sich wohl nur die Soldaten in Vietnam gefühlt, nachdem sie ihren zweiten LSD-Trip eingeschmissen hatten. Wir sind immer noch auf der Hut vor dem Vietcong, aber in Hamburg geht das urbane Stadtzentrum nach einer brutalen Zäsur in vorstädtische Kleinkariertheit über. Hier muss keiner mehr Paranoia schieben. Ausladende Terrassen vor zweistöckigen Altbauten, riesige, schwarze Audis, die natürlich vom betagten Herrn Wachtmeister durchgelassen werden. Keine zehn Minuten zu Fuß und wir sind in einer anderen Welt. Maria sieht so fertig aus, wie ich mich fühle. Sicherheitshalber gehen wir noch mal durch einen kleinen Park, schlagen zwei Haken, warten an einer dunklen Ecke. Niemand verfolgt uns, sogar die Hubschrauber haben das Interesse verloren. Man hört nur noch ein bösartiges Grollen.

Wir gehen auf Nummer sicher und brechen in den Park hinter dem Museum für Hamburgische Geschichte ein. Vor uns breitet sich eine surreale Landschaft aus Baumaschinen, Möchtegernbraunkohlentagebauen und japanischen Gärten aus. Wir setzen uns auf die Schaufel eines Baggers und stoßen mit zwei »Dirty Harry« auf die gescheiterte Revolution und geglückte Revolte an. Wer »Dirty Harry« nicht kennt, der hat Glück. Das ist die ekelerregendste vorstellbare Parodie von Lakritzschnaps. Danach kann man entweder kotzen oder sich küssen. Wir wählen Tor zwei und stellen dann in der Baggerschaufel noch allerlei Schweinkram an, für den man im Iran gevierteilt werden würde. Wieso nicht? Das Leben ist eine Krankheit, die per Sex übertragen wird und auf jeden Fall tödlich endet.

Die Topfpflanze in der Ecke hält extrem Position. Sie repräsentet. Geht völlig an ihr vorbei der ganze Scheiß. Politik, Wirtschaft, das ganze Drama? Kein Ding für sie. Zwar hat sie viel zu wenig Licht, der Blähton ist zu Erde das, was ein elf Minuten alter Burger von McDonald's (nach 10 Minuten offiziell nicht verwertbar) im Verhältnis zu echter Nahrung ist. Der Staub liegt dick auf ihren Blättern, aber da steht sie drüber. Die Pflanze ist das, was uns Buddhisten als »erleuchtet« verkaufen:

indifferent ignorant. Sie will nur wachsen. Darin ist sie ultimativ ehrlich. Ehrlicher als wir. Um was geht es uns? Was wollen wir mit Gerechtigkeit, Geld, Liebe? Nichts anderes als wachsen. Wir selbst oder das System, die große Identität. Das Einzige, was alle gemeinsam haben, ist wollen. Und vielleicht manchmal frisches Wasser.

Trocken. So trocken. Die Sahara im Mund. Der Rezeptionist in unserem Hotel ist dermaßen bekifft, dass er uns kaum wiedererkennt. Die Tür schlägt an das Bett. Als ich mich im Spiegel ansehe, starrt ein Zombie zurück. Ich knipse das Licht aus und wir fallen um. Die Hubschrauber dröhnen wieder knapp über den Dächern.

Maria schläft den Schlaf der Gerechten, aber ich werde nach zwei Stunden wach. Im Zimmer neben uns wird offensichtlich versucht, die Wand kaputt zu vögeln, im Zimmer über uns den Boden. Draußen ist noch immer volle Pulle Apokalypse, Sirenen, Hubschrauber, Schreie von Besoffenen. Ich falle in einen Wachalbtraum. Ich bin ein Sklavenhalter und muss vor meinem Arbeitsharem einen blutenden Haufen Elend auspeitschen, um meine Autorität aufrechtzuerhalten. Schweißnass wache ich in der Dämmerung auf. Frühstück. Weniger aus Hunger, als um zu sehen, ob das hier wirklich eine Nuttenabsteige ist. Was soll ich sagen: Entweder es ist keine oder die skandinavischen Familien sind verdammt hart im Nehmen. Perfekt, unauffälliger hätten wir es kaum treffen können.

Demo

Ist die Revolution schon vorbei? Nein, die Demo steht noch an. Die Großdemo. Die Veranstalter rechnen mit 100.000 Leuten, die Polizei mit 17. Bevor es losgeht, sterben wir erst mal eine Runde in der HafenCity am Wasser. Über uns schreien die Möwen, die nicht mit den Hubschraubern klarkommen. Die Hubschrauber gleiten langsam seitlich genau über uns, weil sie nicht mit den Menschen klarkommen. Beginne den Tag mit einem Lächeln, dann hast du's hinter dir.

Die HafenCity ist ein Tor in die Zukunft. So wird alles aussehen, wenn die Repression gewinnt. Ihr hässlicher großer Bruder ist der Potsdamer Platz in Berlin. Beides Solitäre, für Firmen gebaut und von den Bewohnern der Stadt wie Pestbeulen gemieden. Grässlicher 90er-Jahre-Geschmack in Ocker und Glas. In Berlin stehen davon jetzt schon wieder 50.000 Quadratmeter leer, die ersten Gebäude reißen sie bereits nach zehn Jahren wieder ab.[xlviii] Geplante Obsoleszenz, Kapitalismus im Endstadium. Wenn man die Mächtigen und Korrupten machen lässt, schaufeln sie ihr eigenes Grab. Niemand will in der HafenCity leben. Alle wollen in die linken Ecken, ins Hafenviertel, in die Schanze, zur Not ins prollige Altona. Man könnte die Mächtigen also einfach schaufeln lassen. Leider haben wir nicht so viele Innenstädte, leider haben der Planet und die 40.000 täglich an Hunger sterbenden Menschen nicht so viel Zeit wie wir ignoranten Arschlöcher.

Gar nicht weit weg von uns stellt sich zur gleichen Zeit eine junge Frau auf einen Räumpanzer. Die blöde Fotze wagt es allen Ernstes, sich der Ansage der Staatsgewalt zu widersetzen und nicht endlich runterzukommen. In der Polizeiausbildung lernt man anscheinend, dass man sie auf keinen Fall runterholen darf. Immerhin ist die Kante des Räumpanzers fast 90 cm hoch, die fetten Beamten könnten beim Erklimmen einen Herzschlag erleiden. Stattdessen spritzen sie ihr so lange Pfefferspray ins Gesicht, bis sie in Embryonalstellung liegen bleibt.

Dann endlich kann man sie runterschleifen wie ein verkrüppeltes Huhn von der Stange. Leider wurden die Dienstnummern der betreffenden Polizisten nicht veröffentlicht, insofern muss das Bundesverdienstkreuz, auch bekannt als das goldene Stück Scheiße, an Unbekannt gehen. Von einer so hilflos agierenden Staatsmacht sollte man mehr Angst haben als vor »Terroristen«.

Auf dem Weg zur Demo begegnet uns noch eine gespenstische Delegation. Ein geordneter Trupp aus vielleicht 20 Leuten marschiert für ein gemeinsames Selfie die leere Oberbaumbrücke entlang. Völlig still und mit erhobenen bunten Fahnen, die selbst Connoisseuren der alternativen Szene absolut nichts sagen. Sicher wird das Video zu Hause im Dreifrontenland der Renner.

Der Deichtorplatz birst vor Menschen. Es geht pünktlich los? Wer konnte ahnen, dass die linken Verplaner das hinbekommen? Der Schwarze Block ist dabei. Eine Hippietante stellt sich auf die Mauer und kreischt sich heiser: »Scheiß Schwarzer Block, verschwindet hier!« Wahrscheinlich glaubt die, dass wir die Verhältnisse mit kreativen Gute-Nacht-Geschichten und Pusteblumenpusten verändern können. Hat bei den Grünen schon prima geklappt.

Heute sind wir, Maria und ich, zivil, die Bullen nicht. Zwei Reihen laufen geschlossen neben dem Schwarzen Block her, die Menschenmassen haben gerade mal zwei Meter Platz zwischen den Fronten. Das muss die gefürchtete Antikonfliktstrategie sein. Allein bei der wird mir schlecht. Schön konfliktfrei ertragen, wie die Welt an die Wand regiert wird. Außerdem habe ich Platzangst und hasse Menschen. Wir gehen außen herum nach vorne durch. Auf der Fußgängerbrücke in Höhe Holzbrücke können wir das ganze Ausmaß des Vaterlandsverrats überblicken. Türkische Kommunisten, Transsexuelle, Studentenorganisationen, Kurden, Raver, Trommler, Rentner, die Linke, Attac und alles dazwischen. Wie der Schwarze Block. Viel Schwarzer Block. Mehr, als ich je gesehen habe. Einige davon vermummt.

Und siehe da, friedlich. Das liegt bestimmt an der Karawane aus Bullenwannen, die ihn begleitet.

Wahrscheinlich hat die kreischende Hippiefurie in ihrem lokalen »Schöner Wohnen trifft Landlust trifft Politik«-Wurstblatt vom »Jugendwiderstand« gelesen. Nur echt mit Hammer und Sichel nach dem Namen. Für manche ist es die längste Praline und beste Satire der Welt, für die meisten die einfachste Projektionsfläche für ihren Hass auf das, was sie »linksradikal« nennen. Sowieso ein schönes Wort, im Dritten Reich waren das alle von Sozialdemokraten bis Christen. »Rechts- und linksradikal trifft sich irgendwann, Politik ist ein Kreis«, derilliert der buddhistisch erleuchtete deutsche Michel. Genau, deswegen sind seit der Wende auch 169 Menschen an rechter politischer Gewalt gestorben. An linker exakt keiner, die zerstören meist Gegenstände. Solche bescheuerten verbalen Rülpser kommen von Leuten, die den Unterschied zwischen Sachen und Menschen nicht verstehen – oder sie als solche ansehen.

Trotzdem: Der »Jugendwiderstand« ist auf einzigartige Weise bescheuert. Als Möchtegernkiezpolizei bedrohen sie Touristen und rufen zur Gewalt gegen Zugezogene auf – das konnte man noch als satirischen Antigentifizierungsversuch werten. Gutes, altes, prolliges Neukölln. Leider bezeichnen sie sich als »antiimperialistische und revolutionäre Jugendorganisation unter proletarischer Führung«, als »die Organisation, die den Maoismus in Deutschland wieder zu den Volksmassen trägt«[1]. Zudem sind sie wild antsemitisch, Jutebeutel mit Davidstern sind »Schwuchtelbeutel«. Mit »9 mm für Zionisten« leisten sie ihren Beitrag zum Bodensatz der Streetart. Sie sind hier in Hamburg, um der »Sozialistische[n] Linke[n]« auf die Fresse zu geben. Die ist ihre ganz persönliche Volksfront von Judäa. Sie bekriegen sich mit Pamphleten, in denen sie sich gegenseitig angiften, Intrigen zu schmieden und weniger maoistisch zu sein als man selbst. Allein die erste Stellungnahme von »SoL« wäre ausgedruckt ambitionierte 46 DIN-A4-Seiten lang. Wer die Schuldzuweisungen liest, begreift: Der Jugendwiderstand war früher organisatorisch an SoL gebunden, wurde von ihr gesteuert. Doch die Berliner fühlten sich von den Hamburgern nicht respektiert, alta. Die Führungsebene von SoL soll bei Treffen ständig unsinnige, ja sadistische Befehle erteilt haben. Etwa seien die Berliner aufgefordert worden, alle Kinderfotos von sich zu verbrennen, als geschmackssicheres Zeichen des unbedingten Willens zur Revolution. Wenn etwas »Politsekte« definiert, dann das. Als ob das nicht schon wahnsinnig genug wäre, ging der Konflikt ursprünglich darum, ob eine südamerikanische Splittertheorie, das »Gonzalodenken«, als maoistisch einzustufen ist. Fragen, die selbst gestandenen vorgestrigen Stalinisten am Arsch vorbeigehen. Für den Jugendwiderstand Grund genug, der SoL auf die Fresse zu hauen, und wenn sie schon dabei sind, so ziemlich allen anderen linken. Bereits zwei Mal haben Mitglieder des Jugendwiderstands SoL-Aktivisten verprügelt, sie sprechen abfällig von »der Sekte aus Hamburg« und einem »hängen geliebenen Freakhaufen«. Die wiederum kontern mit den Schmähungen »Lumpenbande«, »Rattenbrut« oder »rechte Liquidatoren«. Seit diesem Sommer streiten sie auch darüber, wer von ihnen beim G20-Gipfel in Hamburg härter gegen die Polizei gekämpft habe.

Als die Bullen sie trafen, wussten sie nicht mal, ob Sie links waren. Sie standen da, unvermummt, weiße Hemden, aufgepumpt, Vollprolls. Die Bullen dachten, es wären Fußball-Hooligans. So weit lagen sie damit gar nicht daneben. Der Jugendwiderstand feiert toxische Maskulinität über Gerechtigkeit, auf Twitter findet man so Perlen wie Beschimpfungen der allgegenwärtigen Gegner als »Schlampen« oder »Trotzkistenfotzen«, Männer werden als »Hurensöhne« und »schwanzlose Missgeburten« betitelt, Behinderte kommen auch nur medium gut weg. Dazu ein Bild von einem Schlagstock und den neuesten Nike Air Sneakers mit dem Kommentar »Die Revolution kann kommen.«. Dann geht es raus: »Stalin war ein Ehrenmann« und »NS-Boys stehen auf Bukake« an die Wand sprühen. Geschmacklich fragwürdig, ist

Letzteres immerhin politisch vertretbar. Aber wer heute noch auf Stalin steht, ist nicht links, sondern faschistisch. Stalinismus ist keine progressive Ideologie, sondern ein Dogma. Ultimativ konservativ. Aber sag das dem Jugendwiderstand nicht, sonst gibt es eine auf die Fresse, du schwanzlose Scheißfotze. Der Feministenblock auf der 1.-Mai-Demo in Berlin bekam das zu spüren. Als wäre das nicht genug, ist der »Anführer«, »Taktikka«, nicht nur selbst ernannter Proletarier, hat ein Sturmgewehr auf dem Oberarm tätowiert, sondern gleichzeitig Rapper – und Kindergärtner. Was kann da schon schiefgehen?

Der übelste »Diss« kam vom Berliner Verfassungsschutz. Der beobachtet den Jugendwiderstand seit Jahren, hatte sich aber zunächst entschieden, die Gruppe in seinen Berichten zu ignorieren. Man wolle sie nicht wichtiger erscheinen lassen, als sie ist, hieß es. Burn.

Gäbe es den Jugendwiderstand nicht, so müssten die Rechten ihn erfinden. Im Netz diskutierte der Jugendwiderstand über den extrem gewaltbereiten Neonazi Lasse R. R. bedroht digital und physisch immer wieder Andersdenkende und soll an Übergriffen beteiligt gewesen sein. »Sympathisch« fand ihn Takktika. Nur das »Hitlergedöns« würde »nerven«.[li] Dadurch, dass der Jugendwiderstand sich absurderweise als links bezeichnet, haben gemäßigte linke Hippietanten und Hartrechte haufenweise Material, die, denen wirklich an gesellschaftlichen Veränderungen gelegen ist, als Schwachköpfe darzustellen. Dafür an dieser Stelle ganz herzlichen Dank an den Jugendwiderstand und die bitte, den Stalinismus gerne anderswo aufzubauen, z. B. in Sachsen.

Aus dem bunten Nichtblock, der sich auch jeder Definition entzieht, weil das wieder nach Focault Herrschaft wäre, näselt ein Hippie. Braune Cordhose, etwas teurer, dafür sieht sie wie alt aus. Eine Lederweste, weil Leder ist Natur und kein grausames Hautabziehen und Schlachten von laut der, von u. a. Stephen Hawking unterschriebenen »Cambridge Declaration on Consciousness«, bewussten Lebewesen.[lii] Gefüttert mit Baumwolle, die in verödenden Landstrichen Turkmenistans, Tadschikistans, Kasachstans um den Ex-Aralsee doppelt so viel Wasser verbrauchen wie Synthetikstoffe. Bunte Fingernägel, was dagegen, du fieser Maskufaschist? Er trägt die Krone der Anarchoprimitivisten: Legomännchen im Haar. Wir waren alle mal 17, nicht wahr? Nur, dass er 27 ist und kein Ende in Sicht. Er richtet sein Wort an die zwei Köpfe kleinere Zottelzwergin neben ihm:

»Ich meine, ich bin Fisch, weißt du? Das Sternzeichen. So generell sind wir sensibel und intuitiv, aber auch oft überladen von den ganzen Eindrücken in unserer Umgebung. Es ist ziemlich schwer, uns, na ja, zu fassen, weil wir so, so sehr nach einem Platz suchen, wo wir einfach mal eine schöne Erfahrung haben können, ein bisschen Anspannung, weißt du? Die Leute denken, wir sind hier und da, weil wir viele Leute kennen, aber niemanden wirklich. Aber wenn wir ankommen, wenn wir uns wirklich zeigen, werden wir so richtig magische Freunde.«

Er zieht laut den tauben Schleim in seiner Nase rauf.

»So pinke Brille Leute. Wir sind aufmerksam und inspirierend. Weißt du, wie Fotos bearbeiten, gute Musik hören, Meditation. Einstein, Rihanna und Steve Jobs waren alle Fische. Verstehst du?«

Hat der Penner sich gerade das ganze Koks der Welt reingefahren? Sie wartet und sucht nach einer Antwort, aber keine wäre dem Redeschwall gewachsen. Er verirrt sich schon in der nächsten Anekdote, irgendetwas mit einem leuchtenden Ball aus seiner Kindheit. Sie brennt ihre Augen in den Rücken ihrer Freundin, betet, dass sie sie bemerken würde. Aber nein, sie ist hier gefangen. Also läuft sie weiter und resigniert, während ihr die volle Ladung seines Monologs in die Fresse schießt. Für die Revolution muss man leiden. Mit selbstabsorbierten Arschlöchern wie dem habe ich nichts, aber auch gar nichts gemeinsam. Aber, leider, ist er das kleinere Übel. Die Mehrheit der Deutschen wählt CDU, AfD oder FDP. Ein Arschloch ist mir noch tausendmal lieber als ein Faschist.

Ich weiß nicht, ob es 100.000 sind, die Veranstalter werden später von 76.000 sprechen. Aber es waren kilometerweit in jede Richtung nur Menschen. In der Luft lag ausnahmsweise kein Feinstaub, sondern Veränderung. Oder gemeinsames Scheitern. Unzufriedene wollen Veränderung. Das Problem sind die Zufriedenen.

Kindergeburtstag

Ein neuer Tag, eine neue Apokalypse. Heute überrennen sie uns, buchstäblich. Nun, ich bin der Erste, der das zugibt: Es wurden Fehler gemacht. Ich habe das Kapital und die anderen Staubfänger nicht gelesen, aber vielleicht steht da ja drin: »Besorg dir ein grünes Plastikkrokodil und blas es auf, hetze wild durch die Stadt und voilà, Kommunismus. Ich sehe einem Mann ins Gesicht, ungefähr mein Alter, aber da hören die Gemeinsamkeiten auch schon auf. In seiner Hand das riesige Krokodil. Auf seinem Gesicht ein blödes Grinsen. An seinen Füßen Turnschuhe, von denen man Augenkrebs bekommt. Alle Farben, die man nie sehen will, besonders nicht zusammen: Pink, Neongelb, Neongrün. Ich denke an all die Untermenschen, die Nutzlosen, die Jobcenterleichen, die ihre Wohnungen verlieren werden, ihre Krankenversicherung, deren miserables Kindergeld einschrumpeln wird. Die schön zurück nach Syrien, Äthiopien und Bangladesch gehen werden, wo sie die Fahnen nähen, die wir schwenken, wir, die verdammt noch mal AfD gewählt haben. Ich bekomme eine Erektion. Der Typ rennt los.

Plötzlich rennen alle. Studenten, Hippies, mit Krokodilen, Luftschlangen, ein einziger wildgewordener Kindergeburtstag. Sie rennen weg von uns? Wir hinterher, aber mit 50 kg Gewicht sprintet man nicht wie die Negerlein. Nach den ersten Metern schwitze ich. Mein Scharnier beschlägt vom Atem. Nach 100 m sind die Innenseiten meiner Schenkel Blutwurst. Ich spüre, wie der Schweiß an mir runterläuft wie Öl in einem defekten Roboter. Ich bräuchte einen Neoprenanzug, gegen mich selbst.

Auf einmal geben sie Handzeichen, die Menge rennt scharf nach rechts, in eine Seitenstraße. Dann scharf nach links, über einen Parkplatz, durch eine Grünfläche zwischen den Wohnblocks. Wir verlieren sie. Wieder an der Straße angekommen, stütze ich die Hände auf die Knie und speie Feuer. Ich sehe noch, wie an der nächsten Ecke eine andere Einheit die Kinder abfängt und anfängt, deeskalierende Maßnahmen mit dem

Schlagstock auszuführen. Da platzt das erste Krokodil, da platzt die erste Nase. So enden die Geburtstage immer: Geschrei.

Auf einmal taucht hinter uns noch eine Gruppe auf. Diesmal nicht in Grün, sondern in Gelb. Die Intercom kratzt panisch, wir sollen in alle Richtungen gleichzeitig. Haben die den Arsch offen? Wollen die mir ehrlich sagen, dass sie mit ein paar Kindern nicht klarkommen?«

Steine zu Plastikkrokodilen

Wir wursteln in der Demo mit, immer auf der Hut vor den Kamerastangen der Bullen. Genau hier ziehen sie gerne Leute raus. Wer bis jetzt keine Paranoia hatte, darf loslegen. Nur weil ich paranoid bin, heißt es nicht, dass sie wirklich hinter mir her sind. Auf einmal steht Mark vor mir. Mark ist ein kleiner Wadenbeißer, der gerne mal zwei, drei Tage durchfeiert. Aber selbst dann sieht er nicht so fertig aus wie jetzt: Bleich wie ein Camembert und Pickel, aus denen der trieft. Augenringe, die selbst im Berghain noch auffallen würden. Trotzdem scheint ihm die Sonne aus dem Arsch.

Er war bei den fünf Fingern? Ich habe keine Ahnung. Normalerweise hält mich das nicht vom Klugscheißen ab, aber bei »Gummikrokodilangriff« muss ich passen. Anscheinend hatten ein paar Gruppen und Attac eine Art Sternrennen auf die Elbphilharmonie geplant. Aus allen Ecken der Stadt stießen Leute auf die Festung zu, in der sich die Regierenden vor ihren Untertanen schützten. Keine Autonomen, eher bunte Studententruppen und Jogger in den besten Jahren. Leute, die bei Sonnenaufgang Yoga machen. Mit nur einem Ziel: Trump und seinen Schützlingen die Show zu versauen. »Denn Trumps konservative Revolution stützt sich nicht mehr wie im 20. Jahrhundert auf ökonomische wichtige Massen, die keine politische Macht haben, sondern auf Massen, die politische Macht haben, aber in einem automatisierten Wirtschaftssystem nicht mehr gebraucht werden. Gegen Irrelevanz zu kämpfen, ist viel schwerer als gegen Ausbeutung. Mit Ausgrenzung ist der Kampf nicht zu gewinnen«, sagt er.

Die Strategie war genial, sie haben die größte Schwäche der Bullen ausgenutzt: die Behäbigkeit. Man muss sich eben entscheiden: Leute zusammenschlagen oder schnell rennen. Die Bullen entscheiden sich im Zweifelsfall immer für Ersteres. Also konnten die agilen Gruppen an den Straßensperren vorbeirennen, schnell die Route durch Parks ändern und, wo es sein musste, auch den Knüppeln entwischen. Natürlich kamen die zum

Einsatz. Kann ja nicht angehen, dass Leute in der Gegend rumrennen. Vor allem nicht mit Aufblaskrokodilen.

Davon hatte ich schon ein paar auf der Demo gesehen, diese hellgrünen, knapp zwei Meter langen Dinger, die die coolsten Kinder in der Grundschule immer hatten. Die Schulen, wo das D für Disziplin gelehrt wurde statt die vier Ks: Kritik, Kommunikation, Kollaboration, Kreativität. Mit den Krokodilen eine Polizeisperre durchbrechen zu wollen, hat Eier. Natürlich wurden sie mit Pfefferspray eingedeckt und niedergeschlagen. Ein paar der Krokodile sollen sogar zerplatzt sein. Doch nicht immer schafften es die Bullen, sie aufzuhalten. Ein paar der Finger schafften es tatsächlich bis vor die Elbphilharmonie und veranstalteten da zünftig Radau. Nicht Schwerter zu Pflugscharen, sondern Steine zu Krokodilen!

Nicht, dass Trump drinnen was gehört hätte. Ein Großprojekt, das über das Vierfache seiner ursprünglichen Kosten und somit fast eine Milliarde Euro verschlingt, ist absolut schalldicht gegen jede Rationalität isoliert.[liii] Doch die Kameras der Welt hielten drauf und zeigten, dass dieses traurige Stück Mitteleuropa noch nicht vollkommen zum absurden Theater verkommen ist. Niemand hat hier auf Trump gewartet. Im Gegensatz zu Godot kam er trotzdem.

Falls du ein Taliban oder Ähnliches bist, in einer Höhle lebst, Nagelbomben anfertigst und deinen Schwanz in Ziegen einführst: hier ist der Sachstand: Obergrenze, keine Bewegungsfreiheit, Rückführung direkt aus dem Krankenhaus – für diese Arschlöcher gibt es keinen moralischen Boden. »Wenn du nur lange genug in den Abgrund starrst, starrt er irgendwann zurück«: der Apokalyptiker vom Dienst, Nietzsche. Unterschätze niemals den politischen Geschmack der Massen. Die würden sich das Leben zur Hölle machen, die würden wieder und wieder die gleichen Flurplagenparteien wie CDU und SPD wählen, Arbeitnehmerrechte verlieren, Kindergärten schließen, nur um einmal: »Scheiß Sandneger!« sagen zu können.

»Wir wollen nicht den Kuchen, wir wollen die Bäckerei.«, schrien die Hippies. Wieso nicht, dachte sich Trump? Dann dachte er: Von Trump lernen, heißt siegen lernen. In seiner Selbsthilfe-Autobiografie »Art of the Deal« schreibt sein Ghostwriter: »Meine Art Geschäfte zu machen, ist einfach und direkt: Ich ziele sehr hoch und fordere und fordere und fordere, bis ich kriege, was ich will.« Der Klügere gibt nach? Bullshit. Wer nachgibt, verliert, und wird von dem, was sein Ghostwriter ein »narzisstisches« und »paranoides Schwein mit Lippenstift« nennt, überrollt.[liv] Natürlich wurde er, nachdem er Monate buchstäblich sieg-heilend durch die soziale Wüste im Mittleren Westen der USA gezogen war, Präsident. Ihn wählten ausgerechnet die Arbeitslosen, Unter-, Fehl- und würdelos Beschäftigten, die Prekariatisierten. Brillant. Das ist, als würde man als KZ-Häftling in Bergen-Belsen oder Auschwitz ’44 sein. Man würde von der SS zwischen den Schloten getrieben werden in dreckstarrender Sträflingskleidung, 45 Kilo schwer. Man sieht, wie die Nachbarn, Eltern und Kinder verbrannt werden, und man verlangt nicht etwa mehr Suppe oder so Absurdes wie Freiheit oder nicht vergast werden. Nein, man demonstriert, weil die Zyklob-B-Produktion nicht schnell genug geht. Weil du noch schneller vergast werden willst. Du verlangst härtere Wärter, nicht mehr so plüschweiche Hinterlader wie die SS, und mehr Duschen!

Willst du wissen, wie es so weit kam? Es reichte ein falsch verstandener amerikanischer und nach Europa geschwappter Traum, der toxische ewige, nie Millionär werdende Tellerwäscher und eine panische, irrationale Angst vor den Arabern vor den Toren unserer Festung. Vielleicht türmen sich deren Leichen bald zu Bergen auf und sie fallen wie Aliens über die Mauer an der mexikanischen Grenze ein? Im Mittelmeer öffnet Moses nicht mehr das Meer, sie stocken es einfach mit Leichen auf und schwupps – steht man in Karstadt neben einer Somalierin. Unzumutbar.

Hamburger Dinner: Wassermelonen und Speed

Hamburg scheint sich Mühe zu geben, nicht so menschenfeindlich zu sein wie seine Polizei. Egal, was »Bild« und der »Fokus« später heulen werden, als die Demo durch die Reeperbahn und die angrenzenden Straßen zieht, sind viele der Häuser von oben bis unten mit hinreichend geschmacklosen und solidarischen Plakaten voll. »Geh mal 20 Bier holen!«, »G20? GEMA« kacken. Es steht nicht einmal ein Assi im Unterhemd am Fenster und beschimpft Leute, die sein Leben tendenziell besser machen. Da ist die Hauptstadt der Arschlöcher noch um Jahrzehnte zurück ... Oder schon weiter?

Allerdings gibt es überall Arschlöcher. Die denunzierten bei der Polizei mit Videos und Fotos von den Ausschreitungen. Es seien bislang mehr als 1000 Dateien eingegangen, teilte die Polizei mit.[lvi] Von Gestapo über Stasi bis zum Verfassungsschutz: Der Deutsche kann einfach nicht vom Spitzeln lassen. Es gibt doch nichts Schöneres als die Schadenfreude, anderen das Leben zu versauen.

Die Typen von Attac schießen wieder den Vogel ab, als sie, als Snobs der Demo, sich von einem Priester anführen lassen und Killersprüche wie: »Wir hummern uns zu Tode« auf ihren Plakaten tragen. Bei der Endkundgebung versichern sich alle Weichspülrevoluzzer gegenseitig, dass der friedliche Protest sie eint. Wie die Weltenseele. Ein paar Autonome halten hinten ein Plakat hoch: »Aber Polizeigewalt ist okay oder was?«. Ja, ist sie anscheinend, und um das klarzustellen, trampelt sofort eine Einsatztruppe durch die Menge und verscheucht den Dissens. In einer guten Demokratur wird gerne lebhaft über die Idee diskutiert, die vorgegeben ist.

Wir treffen die anderen und stranden auf der Budapester Straße vor dem Millerntor-Stadion. Einem der ganz wenigen großen Vereine, die offen links sind. Ein ganz hartes Brot bei einem Spiel, das sich durch Korpsgeist definiert und durch Korruption definiert wird. Vor uns liegt eine riesige freie Fläche neben dem Stadion, die wahrscheinlich Immobilienentwicklern im Herzen wehtut. Da drauf steht der neue »Mehr-Demokratie-Wagen« der SPD. Zuverlässig bildet sich sofort ein Hippiesitzkreis davor.

Fressen gibt es gegen Spende. In Hamburg geht das. Als das Miniaturland um die Ecke die Eintrittspreise abschaffte, weil sich Flüchtlinge den Eintritt nicht leisten konnten, stiegen sogar die Einnahmen.[lvi] Das sagt uns doch hoffentlich nichts über den Kapitalzwang? Die Hubschrauber kreisen immer noch über uns, als wären die veganen Würste Dynamit und der Techno Kanonendonner. Jemand schmeißt einen Haufen Styroporkatzenköpfe in die Luft, die Tanzenden werfen sie hin und her. Sofort kommt eine Hundertschaft angetrampelt, um den Staat vor Spaß zu beschützen. Als sie merken, dass sie sich nur lächerlich machen, laufen sie kreuz und quer durch die Menge und schubsen, wen sie eben können. Anscheinend haben sie Bock auf Nachschlag. »Ey!«-Rufe ertönen, dann Chöre: »Haut ab, haut ab!« Aus dem Nichts raffen sich 100 Leute zusammen. Die Bullen verpissen sich und müssen leider zulassen, dass Leute tanzen. Garantiert rotiert der Führer im Grab im Schleudergang.

Sie werden nicht lange warten müssen. Heute Nacht geht es weiter. Aber die zweieinhalb Stunden Schlaf, die zweieinhalb Liter Pfefferspray und zweieinhalb Bier hauen jetzt rein. Was sich anhört wie die Antilopengang, macht zwar noch Party, aber wir schicken uns selbst erst mal ins Lager.

Ein unscheinbarer Assibunker hat sich verschämt zwischen die Gründerzeitvillen gequetscht. Wir klingeln, einmal kurz – zweimal lang – einmal kurz. Der Summer öffnet die Tür. Selten war ich so froh, in ein klaustrophobisches 60er-Jahre-Treppenhaus in Oliv und Kackbraun zu treten. Standesgemäß kommt man über den Außengang in die Wohnung, vorbei an frischem Menschenmief aus den Badezimmerfenstern der anderen Wohnungen.

In jedem anderen Land, sogar in jeder anderen Stadt (außer vielleicht München) wäre dieser Assibunker der Inbegriff von Getto. Aber hier ist der Rasen minutiös geschnitten, die Bäume hinreichend verkrüppelt, es riecht nach Desinfektionsmittel. Wenn nur alle so tun, als wäre so eine Schuhschachtel menschenwürdig, dann ist sie das auch. Leider sind Menschenrechte aber genau so ein Narrativ wie Zarathustra, der Kommunismus oder Christian Morgensterns enddepressives Gekritzel. Wenn Angela Merkel den sozialen Notstand für alternativlos erklärt, dann ist das eben so. Willkommen in der Realität.

Oliver, der natürlich nicht Oliver heißt, war nicht bei den Protesten, weil er zu tun hat. Ihn kotzt auch eine ganze Menge an, aber was soll man schon machen, wenn man 10 Stunden täglich schuftet? Wie die Kleingeldprinzessin singt: »Zu viel Ärger, zu wenig (Zeit für) Wut.« Er hat nicht mal mehr Zeit für Unordnung. In seiner Wohnung ist alles blitzblank und so gemütlich, wie es eben sein kann, wenn man keine Zeit für Geschmack hat. Das Highlight ist ein Teller mit geschnittener Wassermelone und ein Tablett mit ein paar Lines »Amphe«: Speed. Wer sagt, dass Drogen und Revolution nicht zusammenpassen?

Mich haut schon die Wassermelone um. Klar ist so ein Krawall auch Spaß, aber wenn man keine siebzehn mehr ist, eben auch Stress. Während sich die anderen die Nasen voll laden, dämmere ich bei debilen N24-Nazidokus dem Koma entgegen und versuche, mich vor Kopfschmerzen nicht zu übergeben. Ist das Gottes Strafe dafür, kein aufrechter Deutscher zu sein?

Eine Flasche Schnaps wird geköpft, ein paar Lines gezogen, eine Tüte geraucht, zum Runterkommen, dann noch ein paar Lines. Speed habe ich nie richtig verstanden; Drogen nehmen, damit man mehr saufen kann? Ich muss schon von einem Club Mate um den Block rennen. Ich ballere mir eine Aspirin rein und werfe mich auf die Matratze in der Ecke. Irgendwann kommt Maria dazu. Kurz danach kommt auch Oliver und fragt, ob alles okay sei. Klar ist es das, aber ich kann mir eine Frage nicht verkneifen: »Wie kannst du bei der Mukke arbeiten?« Die ganze Zeit prügelt wüstester Death Metal aus seinem Zimmer. Er meint, nur so könne er sich konzentrieren. Was er arbeitet? Was kann man nur nachts um 12, den Kopf voller Speed, bei nervenzerfetzendem Death Metal hinkriegen? Damenwerbung. Denkt daran, wenn ihr euch das nächste Mal den Conditioner für besonders gestresste Haare kauft ...

Mitten in der Nacht wache ich auf, die Hubschrauber dröhnen. Eigentlich will ich wieder auf die Schanze, aber ich kann vor Migräne kaum laufen. Noch zwei Aspirin und ich falle bis zum Morgen auf das Kissen.

Die Speedparade war natürlich da. Es ging nicht so kräftig ab wie am Tag davor, aber für ein paar Barrikaden und Steinwürfe reichte es. Jetzt, wo sich die Öffentlichkeit angewidert oder angeödet abgewendet hatte, hielten sich die Bullen nicht mehr zurück. Wer aussah, als würde er nur daran denken, eine Flasche in die Hand zu nehmen, wurde eingesackt. Nach jeder Revolution folgt eine unappetitliche Phase Repression. Am gnadenlosesten wütet sie, wenn die Revolution scheitert. Die Amerikaner nennen es »BOHICA«: Bend Over, Here It Comes Again. Da sollte man sich besser in seinem Assibunker verkriechen und fernsehen, bis der ganze Quark und die Demokratie vorbei sind.

Die Polizei erklärte am frühen Morgen, seit Beginn der Proteste gegen den G20-Gipfel in Hamburg seien 144 Personen festgenommen und 144 weitere in Gewahrsam genommen worden. Autisten gefällt die gerade Zahl, aber sie ist sicher nur Zufall. In der Gefangenensammelstelle in Hamburg-Harburg befanden sich nach Angaben der Rechtsanwältin Gabriele Heinecke am späten Sonnabend 290 Menschen – zwei waren wohl Schutzhaftfetischisten. Sie kritisierte, dass es massive Probleme gäbe, ihnen die Nummer des anwaltlichen Notdienstes zu geben.[lvii] Die lautet übrigens in Hamburg: +49 (0) 40 432 78 778. Lasst euch das am besten auf die Innenseite des Augenlides, die inneren Schamlippen oder hinter den Sack tätowieren. Aber, dass Anwälte behindert werden, ist im Westen nichts Neues. In Hamburg hat das Verwaltungsgericht höchstpersönlich sogar Eilanträge von Jurastudenten verboten, weil sie vom Republikanischen Anwaltsverein kamen. Der ist der Behörde »zu links«. Ganz offensichtlich ein Bruch des geltenden Rechts, aber da die Herren Richter keine Autonomen sind, können sie das auch nicht mit Füßen treten. Sogar die Polizei stuft Personen wegen der Anwaltswahl dann als »Gefährder« ein.[lviii] Eigentlich ein klassischer Fall von Befangenheit, nur eben einer ganzen Behörde. Die wollen anscheinend auch die ganze Bäckerei, aber im Unterschied zu uns tun sie rechtsstaatlich.

Von den knapp 300 Festnahmen werden nach ein paar Wochen noch ungefähr 100 Anzeigen übrig bleiben. Von denen wiederum wird wohl nur eine Handvoll verfolgt werden. Dass alle anderen Festnahmen und Anzeigen Schikane waren, wird nirgends stehen. Das Schöne am Polizistendasein ist, dass niemand prüft, was du tust. Ein unabhängiges Kontrollgremium wäre möglich, aber unter der Würde der Herren Staatsdiener. So eine absurde Idee, wer würde das vorschlagen? Bis auf Amnesty International natürlich, die neben allen möglichen Bananenländern auch Deutschland für Polizeigewalt rügen.[lix] Wen wundert das schon, in dem Staat, der den modernen Militarismus quasi erfunden hat?

Wenn ein paar Volksverräter doch mal Daten sammeln, dann sieht die Polizeigewalt noch hässlicher aus als ihr Schrumpfköpfe in Uniform. 476 Polizisten sollen verletzt worden sein? Jammerschade, garantiert alles Steinwürfe und bitterböse Autonome? Am Arsch. Mehr als 95 Prozent der als verletzt erfassten Polizisten konnten nach kurzer Behandlung vor Ort wieder weiterarbeiten, zeigen die Recherchen von, ja wirklich, »Buzzfeed News«. Von den 476 gemeldeten Polizisten wurden insgesamt 21 Beamte so verletzt, dass sie auch noch am Folgetag oder länger nicht einsatztauglich waren. Da muss man erst zu »Buzzfeed« gehen, um die Info zu bekommen! Ist die deutsche Medienlandschaft in Gehorsamsstarre?[lx] Offiziell schwer verletzte Polizisten gab es zwei, bei der Bundespolizei. Noch mal: Zwei. Deswegen das Drama. Doch kurzzeitige Verletzungen sind Verletzungen, nicht wahr? Diese fiesen Linksterroristen haben trotzdem Hunderte von Polizisten verletzt! Nun, das stimmt auch nicht. Es wird noch erbärmlicher. Nicht alle als verletzt gemeldeten Polizisten sind Opfer gewalttätiger Autonomer geworden. »Die Verletzungen ergaben sich durch die Dauer des Einsatzes (u. a. Kreislaufprobleme), nicht nur durch Gewalteinwirkung von außen im Zusammenhang mit den Krawallen«, schreibt beispielsweise das brandenburgische Innenministerium. »Die Verletzten-Zahl muss dringend relativiert und eingeordnet werden«, sagt auch Rafael Behr, Professor an der Akademie der Polizei in Hamburg. »Es gab zum Beispiel allein am Freitag mehrere Dutzend Beamte, die wegen Dehydrierung als verletzt gemeldet wurden.« Gut, aber wie konnten dann so viele Beamte verletzt werden? Nun, ein Teil davon war auch Reizgas. »Der Großteil der Polizisten (rund 130) wurde in der Nacht von Samstag auf Sonntag beim Einsatz im Bereich »Schulterblatt« durch Reizgaseinwirkung seitens des Störerklientels verletzt«, so ein Sprecher.

Rafael Behr, Professor an der Akademie der Polizei in Hamburg, hat daran Zweifel: »Mit höchster Wahrscheinlichkeit sind das Beamte, wo die Autonomen die Geschosse mit dem Reizstoff einfach wieder zurückgeworfen haben.«[lxi] Von den 476 Polizisten wurden 130 also durch ihr eigenes Pfefferspray verletzt! Das muss man sich mal vorstellen: Die sind zu blöd, ihre eigenen Waffen zu bedienen. Vielleicht sollten wir denen bei Krawallen Wasserpistolen in die Hand geben?

Vielleicht hatte auch einer einen eingerissenen Nagel gehabt oder ein ganz großes Aua am kleinen Zeh? Muss die Springer-Presse pusten kommen? Das sind keine Verschwörungstheorien, das sind Zahlen. Die kann jeder nachlesen.[lxii] Aber von »Bild« über »Focus« bis hin zu »RTL« und dem ganzen anderen Trash wiederholen alle nur die Propaganda, die ihnen eben in den Kram passt. Dann wundern sie sich, dass Nazis mit ihren »alternativen Medien« Zulauf kriegen? Die Leute lassen sich eben nicht dauerhaft verarschen. Wer zu doof ist und Ursachen und Folgen verwechselt, der wird eben Nazi. Denkt er.

Denn es ist einfach, die Welt auf eine Narrative zu reduzieren. »Fascis« sind im lateinischen Bündel, wie Papa Schlumpf sagt: Ein Stock lässt sich brechen, ein Bündel nicht. Doch Menschen sind nie nur eins. Es gibt die Identität nicht. 20 % der

Gauleiter brachten sich um, 10 % der Nazigeneräle. Das heißt, der Großteil hortete genügend alternative Identitäten in der Hinterhand, wie Vater, Gärtner, CDUler, um sein Weiterleben zu rechtfertigen. So hart es ist: Die wenigsten Menschen sind komplett verdorben.[lxiii]

Die Gretchenfrage: Gewalt

Soweit zu den Fakten, aber seid ehrlich, da scheißt ihr drauf. Euch geht es um die Gretchenfrage: Ist die politische Gewalt gerechtfertigt? Die kurze Antwort? Nein. Die lange Antwort? Manchmal. Die philosophische: Wahrscheinlich ist die Frage aus der falschen Perspektive gestellt. Ein kleiner Tipp: Wer seine Selbstzufriedenheit nicht verlieren will, sollte nicht weiterlesen. Freude ist nur ein Mangel an Information.

Zivilisation ist so party, weil Gewalt nicht eingeladen ist. Wir Menschen haben die meiste Zeit damit verbracht, uns die Schädel einzuschlagen. Bis der Erlöser Vater Staat kam und das Gewaltmonopol verkündete, hierzulande 55 v. Chr., als Julius Caesar mit Truppen über den Rhein setzte. Ab diesem Jahr gewalttätiger Machtergreifung hätte der Autonome kein Recht mehr gehabt, Steine zu werfen, sagten sicher die Zeitgenossen. Zu früh? Wie wäre es mit der Einführung des »Code Civil« durch Napoleon? Gut, der plättete vorher die Flur mit seinen Truppen, aber jetzt gab es ein aufoktroyiertes Rechtssystem, jetzt dürfte man sich sicher nicht mehr wehren? Nein? Gut, dann aber sicher mit der ersten deutschen Verfassung, 1949. Nein, nicht die der DDR, das war ein Unrechtsstaat, gegen den war alles erlaubt. Natürlich die der BRD, geschrieben von nicht gewählten »Experten«, das geschichtliche Blatt von den Alliierten weiß gebombt. Jetzt, genau jetzt, darf man sich nicht mehr wehren. Zwar waren Schwule verboten und Nazis durften das Justizministerium aufbauen, das, was über die, die sich wehren entscheidet, aber das war Recht. Ab jetzt war die staatliche Gewalt gerecht und Widerstand zwecklos und böse. Oder?

Wir müssen so ehrlich sein und zugeben, dass es keinen Punkt gibt, ab dem man sich nicht mehr wehren darf. Schon gar nicht, so lange auf der anderen Seite das Gewaltmonopol nicht perfekt ist.

So lange Polizisten von Amnesty International angemahnt
werden, Anzeigen gegen Polizisten eine Erfolgsquote von unter
7 % haben und offen Gesetze wie die Kennzeichnungspflicht
ignoriert werden, haben wir ein Problem mit Gewalt, von staatlicher.[lxiv] Sicher ist es schlimm, wenn ein Autonomer einen Stein
wirft, darüber kann man sich prima aufregen, weil es garantiert
in der »Bild« steht. Die unzähligen Polizisten aber, die Unschuldige zusammenschlagen, einkerkern und damit davonkommen,
tauchen in keiner Zeitung, keinem Bericht und keiner Statistik
auf. Die – frappierenderweise – erste Studie dazu ist gerade auf
dem Weg.[lxv] Man muss mit Medien rechnen. Die Benzinpreisrevolte Frankreichs Ende 2018, die größten Krawalle in Paris seit
15 Jahren? Resultat einer Veränderung des Algorithmus bei Face
book.[lxvi] Demokratie ist berechenbar.

Jeder von uns übt Gewalt aus, jeden Tag. Hunderttausende ersaufen, weil das Wetter derilliert? (Auch) Deine Schuld.
Die letzte Flugreise, die mehr CO_2 verbraucht als dein ganzes
Jahr Unsinn. Du bist gegen Gewalt? Konsequenterweise müsstest du gegen Autos sein. Nichts tötet hier mehr Menschen, außer Krebs. Bist du gegen Fett, gegen Zucker, gegen Tiere und
Milchprodukte essen? Nein? Weil man da außer zu zetern was
investieren müsste, du Held?

Gewalt ist eine Frage der Einstellung. Autofahrer wollen nicht
töten? Erzähl das mal den Toten. Wie steht es mit denen, die billigend in Kauf nehmen, dass bereits Hunderttausende Geflüchtete im Mittelmeer ertranken? Was hast du dagegen getan? Ach
was, nichts? Nicht mal mehr 1 € an einen Seenotretter gespendet? Guess what, das macht dich zu einem Gewaltausübenden.
Zu einem Mörder, wenn man konsequent denkt. Wie viele Autonome haben Menschen umgebracht?

Die Frage kann man auch systemisch stellen, dann verliert
das Establishment noch totaler. Das Establishment sind nicht
mehr die Eliten, das Establishment sind alle, die mit geducktem
Kopf die Junta dulden. Gewalt ist schlecht, ja? Was ist mit Elser,

der das Hitler Attentat im Bürgerbräukeller verübte? Der vielleicht sechs Millionen Juden vor der Vergasung gerettet hätte? Würdest du der NS-Justiz zustimmen, die in als Straftäter sah?

Was ist mit der Französischen Revolution? Ein wahrer Exzess an Gewalt gegen die Polizei und die Begründung der modernen Demokratie. Was ist mit der Revolution von 1848, den Barrikadenkämpfen der Räterepublik von 1918, der 68er-Studentenbewegung? Gewalt ist ein Ventil, das die Ungerechtigkeit von Systemen korrigiert. Das ist ein hässlicher Fakt. Rechtfertigt das deswegen die Gewalt? Natürlich nicht, wenn man aus dem System argumentiert. Und das tun fast alle. Menschen sind so, in den Zoo gehen und Wurst essen. Die können sich nie vorstellen, dass es etwas anderes geben wird. 1988 war sich jeder in der BRD, der DDR, der USA und in Moskau sicher, dass der Eiserne Vorhang noch 100 Jahre bestehen würde. Nur braucht es gegen von innen ausgehöhlte Regime kaum Gewalt. Selbst dort schlugen, wie in Dresden, 1989 Jugendliche den Bahnhof zusammen. »Rowdytum«, sagte die DDR, das altbackene Wort für »Autonome« und stecke sie in den finstersten Knast. Heute sind das Helden. Wäre der Kapitalismus in Hamburg untergegangen, hätte sich ein sozialer Flächenbrand ausgebreitet, wären wir jetzt in einem gerechteren und menschenwürdigeren System, wie würden die Autonomen dann gesehen werden?

So widerlich es ist, wer in der Waldorfschule nicht nur Blümchengeschichte vom Antisemiten Steiner gelernt hat, weiß, dass die freien Räume, die Demokratie, das Sozialsystem, das wir heute haben, erkämpft und nicht erbettelt wurde. Zum Glück immer gewaltloser. Gewalt ist das letzte und ineffektivste Mittel, ziviler Ungehorsam ist nicht nur eleganter, sondern produktiver. Aufblaskrokodile zu Pflugscharen! Nur ungefähr ein Viertel der gewalttätigen Umstürze war erfolgreich. Doch wer nur bittet, der bekommt gar nichts. Der befeuert nur die Arroganz der Macht. Das Einzige, was weltfremde Eliten von amerikanischen Präsidenten über 60.000 € pro Vorträge einheimsen, »Sozialdemokraten« bis Selbstherrlichen nicht gewählten »Polizeigewerkschaftspräsidenten« zum Einlenken bringt, ist Angst.

Sollten deswegen Menschen zu Schaden kommen? Auf keinen Fall. Niemand will das, niemand sollte das. Aber selbst als empörter Vertreter der Mehrheitsmeinung, muss man so konsequent sein, anzuerkennen, dass die Autonomen keine Steine werfen würden, wenn die Polizisten nicht gepanzert wären. Die Statistiken zeigen, die Verletzungen sind lächerlich. Wahrscheinlich werden mehr Polizisten durch heißen Kaffee verletzt als durch Steinwürfe. Jeder, der sich in die Gefahr begibt, Polizisten anzugreifen, setzt sich einem Vielfachen mehr an Verletzungsrisiko aus. Besonders, wenn er »negativ passiv von kolonialen Stereotypen betroffen« ist. Wie Oury Jalloh, der in seiner Zelle von Polizisten verbrannt wurde? Das ist kein Aufreger, kein Anreger: zur Reflexion. Natürlich zündet meine Identifikationsgruppe keine Gefangenen an, denkt der deutsche Michel. Es tut weh, zuzugeben, dass das System, das er unterstützt, zu Gräueltaten fähig ist. Je mehr Selbstkritik man zulässt, desto weniger schriller wird der Schrei gegen die bösen gewalttätigen Autonomen. Ein Schrei geht immer auch nach innen.

Jeder zieht Gewalt gegen Gegenstände vor. Ist es gerecht, einer alten Oma das Auto anzuzünden? Ganz klar, nein. Leider stehen die Eigentümer an Autos nicht dran. Man muss nur einmal den Polizeiticker von großen politisch bewegten Städten ansehen und man wird merken, dass die meisten brennenden Autos großen Firmen gehören. Nichtsdestotrotz, jeder, der zwei Tonnen Stahl mit sich rumfährt, macht sich gegenüber der Umwelt, der Gesellschaft und allen, die tendenziell totgefahren werden, schuldig. Das ist Gewalt. Das vergisst man geflissentlich, wenn man sich über eines angezündetes von 20 Millionen munter weiter marodierenden Autos aufregt. Das von der Kaskoversicherung, die jeder auf sich haltende Edelmotorist abschließt, im Neuwert ersetzt wird.[lxvii] Ach, stand das nicht in der Bild?

Gewalt ist das letzte Mittel und das ineffektivste. Was hat denn die RAF erreicht, im Gegensatz zur 68er-Bewegung? Bestenfalls nichts, schlimmstenfalls hat sie die guten Anfänge schlecht enden lassen. Das weiß jeder Autonome. Niemand glaubt ernsthaft, die Revolution entzündet sich an einem Molotowcocktail. Wie allumfassend der Kapitalismus ist, zeigt sogar der IS. Der eroberte große Teile von Irak und Syrien, schlachtete sich durch Zehntausende Menschen, marodierte durch Weltkulturerbe, fällte Statuen und zerstörte systematisch alle Symbole der vorherigen Machthaber und westlicher Regime. Doch als die Kämpfer die Bankfilialen betraten und all die Dollars mit den Gesichtern amerikanischer Präsidenten und englischen Worte fanden, die die amerikanischen politischen und religiösen Werte bewarben, verbrannten sie diese nicht. Orwell lag falsch, wenn er in »1984« voraussah, dass die Menschen durch Angst kontrolliert werden würden. Huxleys »Schöne Neue Welt« hingegen erfasste, dass Spaß in Form von Konsum die bessere Manipulation ist: »Christianity without teas, that's what [the happiness drug] *soma* is.«[lxviii] All das Geraspel von der jahrtausendealten Fake- News namens Religion ist sowieso Unsinn, aber auch das von Politik. Wahrheit war nie weit oben auf der Agenda von Homo sapiens, sie dient nur dem Gruppenzusammenhalt. Der Mensch bevorzugt Macht. Es geht den Leuten um Wohlstand. Das ist Geld, das ist Kapitalismus. Zum Glück standardisiert sich auch die Sprache der Medizin, der Technik und der Diplomatie im Hintergrund, ein so elitäres System wie Kapitalismus wird sich in einer logischeren Welt nicht halten können. Aber ginge das nicht auch ohne Ausbeutung?

Trotzdem sind Autonome keine Idioten. Es ist ein Spiel der Zeichen. Jedes brennende Auto, jeder Schwarze Block, jedes besetzte Haus ist ein Mittelfinger ins Gesicht der Herrschenden. Was wird in den Geschichtsbüchern stehen? Das Hamburg sich auf Trump gefreut und brav stillgehalten hat, wie die Kinderbraut Dschinghis Khans? Oder dass die halbe Stadt, das halbe Land, halb Europa rebelliert hat, weil sich die Leute eine menschenverachtende Politik nicht bieten lassen wollten?

Natürlich gibt es immer bessere Strategien. Die fünf Finger, das Zentrum für politische Schönheit, das Peng Kollektiv. Aber die radikale Linke ist wie die Mehrheitsgesellschaft, es gibt die Intellektuellen, die Künstler und die Massen. Das Feindbild ist komplex. Menschen sind verschieden, sogar Autonome.

Gewalt ist Schuld. Für jeden Teilnehmer. Aber nichts zu tun ist auch Schuld. Der deutsche Sonderweg führt durch den Dreck. Es ist ein Kriechen vor der Macht. Autoritätshörig die Stiefel lecken und stolz auf Krumen sein. Angelsächsischer Humor greift an, aus der Perspektive des Underdogs, deutscher fast immer von oben herab, auch wenn man »Scheiß Jude« außerhalb von Sachsen noch nicht wieder offen sagt. Das deutsche Memento: »Wir haben von nichts gewusst.« Er hasst den Außenseiter, es grassiert eine grässliche Angst, auch vor der Selbstkritik, die die Katastrophen, die von hier ausgegangen sind, erst möglich gemacht haben. Der Hass, der den Autonomen entgegenschlägt, ist der, der Faschismen begründet. Wer wirklich etwas gegen Gewalt tun will, sollte sich weniger mit den Stammtischen im Land von SPD bis AfD solidarisieren, sondern den einzigen Kampf kämpfen, der laut Marx relevant ist: den Klassenkampf. Nein, nicht der der Arbeiter. Den gibt es nicht mehr, die gibt es nicht mehr. Es gibt im Zeitalter der Automatisierung Gravierenderes als Ausbeutung: Irrelevanz. Es ist der Kampf der Nutzlosen. 20 % der Kinder in diesem Land sind arm, über fünf Millionen Menschen »unterbeschäftigt«, die Schere von Arm und Reich birst fast.[lxix] Gäbe es keine Armut mehr, keine Menschenverachtung, keine wahnsinnige Umweltzerstörung, bräuchten wir keinen Schwarzen Block. Wer die Gewalt wirklich verdammt, sollte weniger Zeit mit Hassverspritzen verschwenden, sondern Probleme lösen.

Die wirkliche Frage ist: Wie viel Gewalt verursachst du?

Stille

Ich wache ungefähr einen Tag vor den anderen auf und endlich
ist die Stadt ruhig. Ich setze mich auf die Parodie eines Balkons
und sehe fetten Tauben dabei zu, wie sie aus den Bäumen fallen. Erst jetzt, als die Hubschrauber weg sind, fällt mir auf, wie
belastend das Scheppern war. So ähnlich wird es sein, wenn Autos aussterben.

Ich scanne die Nachrichten. Sie sind fast in Echtzeit. Twitter,
YouTube oder die unseligen Liveticker. Diätinformation. Info-
tainment. Wieso auch nicht, wenn Krawall auch Unterhaltung
sein kann? Solange man seinen Arsch noch hoch kriegt, ist das
kein Problem. Möge dein Leben eines Tages so schön sein, wie
du es auf Facebook darstellst. Hunter S. Thompson sagte, er sei
zeit seines Lebens News-Junkie gewesen und es hätte ihm nicht
geschadet. Na ja, außer dass er sich mit 68 mit einer Shotgun die
Fresse weggeschossen hat.

Maria ist wach. Wir spielen so wenig Touri wie möglich, um
nicht noch eingefangen zu werden. Ein, zwei schwermetall-
schwangere Fischbrötchen am Hafen und dann ab in den Zug
zurück. Wir nehmen den günstigsten. Das war ein Fehler. Geiz
ist nämlich nur für Ausbeutende geil. Wenn es dich nicht kümmert, dass der Applezulieferer Foxconn Netze zwischen seinen Gebäuden spannt, damit die Fabrikarbeiter gefälligst woanders weniger medienwirksam springen. Wenn du gegen den
Geiz Steine geworfen hast, wird er bei jeder Gelegenheit versuchen, dir die Eier abzureißen. Der günstigste Zug ist die beste.

Leider müssen wir uns ein Abteil mit drei Hippiefrutten von
Attac teilen. Bunte Wollhemden, kackbraune Cordhosen, unra-
sierte Beine und ein gepflegter Damenbart. Genau mein Fall.
Wenigstens kommt ein Altrevoluzzer rein und gibt ihnen die ak-
tuellen Gefangenenstatistiken durch.

»Seid ihr von den Fünf Fingern?«, fragt sie.

»Wir sind hirnlose Gewalttouristen.«, sage ich. Ihr wird sichtlich schlecht.

Wenigstens sprechen sie uns nicht mehr an. Wir versuchen zu schlafen, während sie mit dem Schaffner eine Grundsatzdiskussion über das Schöne-Wochenend-Ticket starten. Das ist genau die Art von Revolution, mit der man sich aufreibt. Der Marsch durch die Institutionen, das Savoir-vivre an der Aldi-Kasse. Das Schachern um Krümel. Aber, Alter, wir wollen keine Brötchen, wir wollen die ganze Bäckerei und die verfickte ganze Straße.

In einem Vorort unserer Stadt bekommen sie uns fast. Auf dem Bahnsteig stehen überall Bullen und sortieren aus. Gut, wer hier aussteigt, dem gehört das wohl nicht anders. Trotzdem sind wir kreuzweise am Arsch. Unsere Gedanken rasen. Die Innenstadt zieht an uns vorbei. Dann ein hohes Amt mit integriertem Todesstern, die lobotomierten Altbauten des Zentrums. Hauptbahnhof. Hier steigen 90 % des Zuges aus. Jetzt oder nie. Obwohl sie auch da stehen, in Schutzwesten, vor jeder zweiten Tür, penibler als DDR-Grenzer. Zum Glück kommt gegenüber gerade ein ICE aus wer weiß was für einem verlassenen Dreckskaff an und spült Hunderte Leute über den Bahnsteig. Wir schieben uns zwischen die Hippiemädchen und sind auf der Treppe, bevor die Bullen uns sehen können. Wir verschwinden in dem Labyrinth aus Stahl und Glas, das so tut, als wäre es was anders als die verlängerte Lobby von McD.

Outro

Maria und ich küssen uns noch einmal, danach sind wir keine terroristische Zelle mehr, sondern nur Einzelgefährder. Wir sind wieder so, wie uns der Liberalismus haben will: isoliert. Bei dem Gedanken, morgen wieder in meinen Scheißjob zurückzumüssen, kommt mir die Milz hoch. Hat es das jetzt wirklich gebracht? War das mehr als ein bisschen Spaß, ein ausgestreckter Mittelfinger? Wird alles, was kurz und klein geschlagen wurde, nicht gleich wieder ins Bruttoinlandsprodukt eingehen, einfach eine Verschiebung von Bäckereien, Banken und Staat hin zu Bauunternehmen?

Hamburg durfte übrigens gleich den nächsten Müllberg schlucken: den »Schlagermove«. Da hatten die voll Bock drauf:

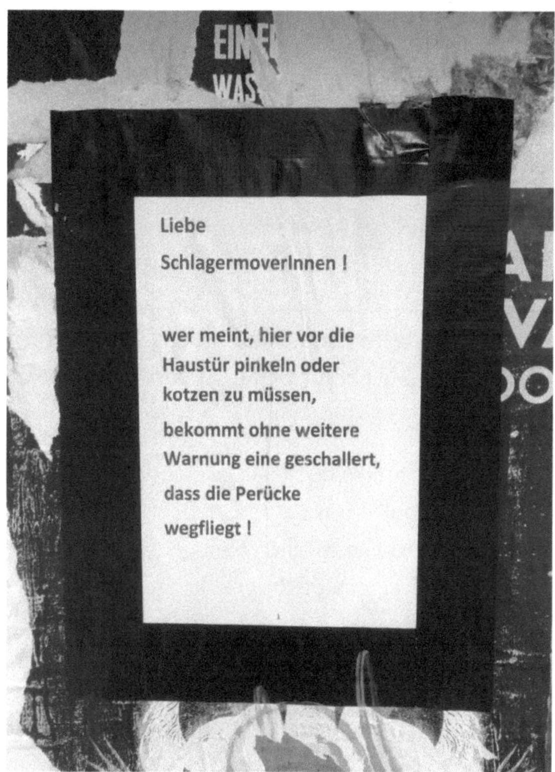

Lustigerweise wollten auch ein paar Autonome aufräumen helfen. »Die netten Linksextremen von nebenan« eben. »Fight Ordnung with Ordnung!«, »Fight Dreck with black!« oder »Join the Wischmob!« hieß es da.[lxx] 10.000 Hamburger waren gekommen, um die Schanze zu säubern. Eine fast kitschig rührende Demonstration der Solidarität und vor allen Dingen ein Zeichen, dass die Hamburger die Schanzenbewohner nicht so hassen, wie die Medien es gerne hätten. Hamburg hat zwar bundesweit für Großstädte die meisten Millionäre und ist auch sonst ein Mekka für Snobs, aber es gibt eine grundlegende Solidarität, ein angenehmeres Lebensgefühl als in den missgünstigen Molochen im Restreich. Was tat die Polizei? Sie fuhr mit einem Schwadron ein und löste die Aufräumaktion der Autonomen sofort auf. Wieder den Staat geschützt, diesmal vor Ordnung und Sauberkeit. Nimm das, Indien.

In meinem Kopf dröhnt eine Frage: Ist man nicht langsam zu alt dafür? Seit über 10 Jahren schreie ich in Mikrofone, halte Plakate hoch und werfe Teddybären, wenn es sein muss. Jedem, der fragt, nehme ich seine bekackte kapitalistische Weltsicht auseinander. Mehr noch, ich nehme ihm seine bekackte wirtschaftsliberale Weltsicht auseinander. Dieses Übel gebiert Verwirrung. Sie besagt, dass wir ein kohärentes Selbst sind, unsere Entscheidungen frei und glasklar treffen können, und dass jeder sich nur richtig am Riemen reißen muss, um sich aus dem Elend zu erheben, Sportsfreund. Der Mist eben, den man von den Grünen bis zur AfD hört.

Nichts, aber auch gar nichts in der Wissenschaft weist darauf hin, dass das kein totaler Bullshit ist. Was wir Bewusstsein nennen, ist ein Wechselspiel aus elektrischen Signalen. Niemand ist irgendwas, außer maximal einem flüchtigen Prozess. Wir können nicht mal sicher sein, dass das Bewusstsein überhaupt »existiert« und keine Illusion ist. Im Gehirn hat auf jeden Fall niemand eine Spur davon gefunden.

Dass wir uns aus unserem Unglück selbst erheben können, sagen Leute, die Bildung genossen haben, in einer sicheren Gesellschaft leben und meistens nicht zehn Geschwister haben und auf dem Reisfeld schuften müssen. Wir sind alles in allem um einiges weniger wir selbst als unser Umfeld. Gähn. Das wäre der Zeitpunkt, an dem man im zweiten Semester in der Postmodernevorlesung eingeschlafen wäre.

Nichts davon ist neu. Als Linker fragt man sich, ob die Gesellschaft irgendwann die Botschaft kriegt. Ob man nicht besser verbittern soll. Oder einfach nicht mehr dran denken, ab in die Matrix und Spaß haben wie die ganzen anderen Idioten. Pinkes Polohemd, Weißbier, Bauer sucht Frau. Irgendwann ist das Leben vorbei und wir könnten es gerade noch schaffen, dass die hungrigen Massen und der Klimawandel uns noch in Ruhe lassen, bis wir abtreten. Klar, dazu müssen wir auf unsere Kinder und alle anderen scheißen, aber damit haben wir anscheinend kein Problem. Wenn uns Menschen eins auszeichnet, dann ist es der Confirmation Bias: Wir sehen nur, was wir sehen wollen.

Da liegt das wirkliche Dilemma: Wieso will man einer Gesellschaft helfen, die aus einem Haufen Arschlöchern besteht? Nur aus der kleinen Hoffnung heraus, dass die eben Produkt ihrer arschigen Umgebung sind. Vor allem: Wieso will man eine Gesellschaft ändern, mit der man so wenig gemeinsam hat? Am allerwichtigsten: Bin ich nicht zu alt dafür? Was interessiert mich die Gesellschaft, wenn ich bald verrecken werde? Bald kann alles von morgen bis in 70 Jahren sein. Zeit ist für unser narratives Selbst so fassbar wie Alpha Zentauris' Umlaufbahn.

Der Falafel trieft auf meine Hand, ich stehe auf dem vollgepissten Hügel in der Hasenheide. Schwarze Dealer vergraben Gras in den Büschen zwischen dem Müll.

Plötzlich Bewegung. Aufgeschreckt rennen die Schwarzen aus dem Busch, die Weißen bleiben verwundert stehen, die Blauen tauchen auf. Oben, an der Hügelkuppe, die perfekte Urangst. Mit quietschenden Reifen rasen Kleinbusse einen halben Meter an den Kinderwagen von Pädagogenpapis vorbei. Der Krieg gegen die Drogen erfordert Risiken. Der Krieg gegen die Freude im Privaten. Kriege gegen Konzepte funktionieren immer.

Eine Tür wird aufgeschoben, sechs Gepanzerte springen heraus, sprinten, werfen sich auf einen Dealer. 300 kg Gewicht auf dem Brustkorb. Was kann da schon schiefgehen? Er schreit wie am Spieß, der dreckige Simulant. Wäre er lieber zu Hause in Ghana geblieben, da hätte er in der Sonne liegen können! Ein paar Alkis von der Bank, zerfranst, zerknittert, urinbefleckte Hosen, schreien mit. Ob dafür oder dagegen kann man nicht ausmachen, purer, ungefilterter Frust.

Eine weitere Wanne taucht rechts auf, eine links. Es gibt nur noch einen Ausweg, auf die Straße. Noch ein Dealer wird eingefangen, noch einer. Ein junger Afrikaner, Panik in den Augen, Jogginghose, dunkle Jacke, rennt zum Tor. Rennen können sie ja, die Schwarzen. Wie ein Quarterback wirft sich ein Bulle auf ihn zu, verfehlt ihn knapp, reißt ihn am Ärmel, er rennt weiter. Die Drogen hat er abgeworfen, statt einem Football hat er nur seine Aufenthaltserlaubnis. Wenn er jetzt gefangen wird, ist sie weg. Er kommt nämlich nicht aus Ghana, er kommt aus Eritrea. Auf Republikflucht steht dort de facto der Tod. Ein aufrechter Deutscher würde den sicher mit stolz geschwellter Brust annehmen und die Nationalhymne singen, während die Schüsse knallen.

Er hastet auf den Bürgersteig, rechts und links schon die nächsten »Einheiten«. Der Verkehr ist schnell, die Ampel hier ist ausgefallen, mindestens 60 km/h und eine böse nach außen gebogene Kurve. Er rennt zwischen den Griffeln der Quarzhandschuhe in die Lücke zwischen den parkenden Autos, sieht kurz nach rechts, noch kurz danach links, zu kurz. Er hechtet, es

knallt, 1789 kg deutsche Wertarbeit zerschmettern 67 kg afrikanische Ausschussware.

Es werden Krankenwagen gerufen, viel Absperrband verteilt,
viele Sirenen leuchten blau. Die Menschen stehen um den Haufen Blut und Metall und ihnen dämmert, dass hier etwas ganz
grob falsch läuft. Natürlich ist niemand Schuld, höchstens er.
Hier hat jeder nur seine Pflicht getan, damit konnte ja niemand
rechnen. Wir werden von nichts gewusst haben.

Ein paar Stunden verschwinden. Jetzt sitze ich auf meinem
Lieblingsdach und starre auf einen »sozialen Brennpunkt«. Ich
bin wie taub, überladen mit Ereignissen. Das Universum existiert seit 13,8 Milliarden Jahren, die Erde seit 4,5 und maximal
noch 7,5 Milliarden Jahre, wir Menschen seit 2 Millionen Jahren, Jerusalem gibt es seit 5000 Jahren. Wie wichtig wird der
G20-Gipfel, Deutschland, Politik oder mein vergangenes Ich im
nächsten Augenzwinkern der Geschichte sein?

Die Menschen zeigen den gleichen Fanatismus für eine 1000
Jahre alte Nation oder für einen vorgeblich Milliarden Jahre
alten Gott. Die Leute sind nicht gut mit Zahlen. Oder sie sagen, immerhin bin ich Teil des Kreislaufs des Lebens? Schön
für dich, dein Bewusstsein nicht, und selbst wenn, das macht es
nicht sinnvoller, sondern nur länger. Die einzigen beiden Religi-
onen, die einen ewigen Zirkel des Lebens beschreiben, Hinduis-
mus und Buddhismus, sehen ihn als den absoluten Horror. Ihre
Einlösung ist Auslöschung. Für viele liebe Hippies ist der Sinn
des Lebens, auch anderen zu helfen. Ach ja? Was ist dann deren
Sinn? Ihr verschiebt nur das Problem, den Abgrund des Nichts.
Krähen fliegen vorbei, es interessiert sie einen Scheißdreck. Da
trifft es mich wie ein Kühlergrill: Wir kriegen die Leute nicht
über Gerechtigkeit. Wir kriegen sie über den Tod.

Ich erinnere mich an Harari. »Zuerst müssen wir die Weltuntergangsstimmung dimmen, von Panik auf Verwunderung umstellen. Panik ist eine Form von Selbstüberschätzung. Du weißt exakt, wohin die Welt sich bewegt: in den Abgrund. Verwunderung ist bescheidener, aber klarsichtiger. Wenn du versucht bist, die Straße hinunterzurennen und zu schreien: »Die Apokalypse kommt!«, versuch dir zu sagen: »Nein, eigentlich nicht. Eigentlich habe ich keine Ahnung, was passiert.«[lxxi] Sicher, grob kann man feststellen: Kapitalismus im Endstadium ist, gelinde gesagt, ineffizient. Dass er morgen untergeht oder wie, das vorauszusagen, sind schon Generationen gescheitert. Was kommt, das ist pure Spekulation. Es sieht nicht gut aus für den Menschen. 1939 hatte er noch drei Systeme zum Wählen, Faschismus, Liberalismus und Kommunismus. 1989, an Fukuyamas »Ende der Geschichte«, war es noch eines: Liberalismus. Es setzte sich durch, weil es Informationen besser verarbeitete. Stalinismus starb, weil niemand Stalin beim Herzinfarkt die Tür öffnen durfte – keine Administratorenrechte. Jetzt, in den nihilistischen Zeiten von Trump, sieht es aus, als wäre keines geblieben. 1939 versprachen alle Systeme dem Menschen eine Zukunft. Jetzt keines mehr. Denn der Mensch, das »Ich« existiert nicht mehr. Das gängigste Dogma, Liberalismus, sagt, »hör auf deine Gefühle«, »finde dich selbst«. Aber wer bist du? Wie gesagt, bis heute hat die Wissenschaft keinen Funken im Gehirn gefunden, der Bewusstsein zeigt. »Intuition« ist nichts anderes als Mustererkennung – wie ein PC. Die digitale und biotechnische Revolution (über die kein Mensch jemals abgestimmt hat!) zeigt uns die Zukunft: zwischen 1984 und Schöner Neuer Welt. Gene, Gefühle und Gedanken werden bald nichts Individuelles mehr sein, sondern ein Produkt. Berechenbar, veränderbar, käuflich. Menschen, die Demokratien, sind hackbar. Winston Churchill sagte, Demokratien sind das schlechteste politische System, bis auf alle anderen. Vielleicht werden wir das in 50 Jahren über Algorhythmokratie sagen. Wir können entscheiden, das zu tun, was wir wollen, aber wir können nicht entscheiden, was wir wollen, welche Gedanken uns in den Kopf kommen. Der freie Wille ist ein Gespenst. Alles andere ist Spekulation. Die neuen Kämpfe kommen aus einer anderen Richtung als 1939, sie erwischen die Meisten kalt. Die Illusion von Bewusstsein ist – vorerst – das Einzige, was wir haben. Daher ist nur eins wichtig: leben.

Jeder, der keinen Bretterverschlag vor Augen hat, muss damit rechnen, dass sich unsere Lebenszeit demnächst drastisch erhöhen wird. Steinzeitler wurden 20, Pennäler im Mittelalter 30, noch um 1900 war die Lebenserwartung 50. Kinder, die heute geboren werden, können 100 werden. Roboter sind die besseren Busfahrer, Anwälte, sogar Künstler. Konservative Schätzungen gehen davon aus, dass Roboter uns bis 2030 35 % aller Jobs »stehlen« werden.[lxxii] Weil sie Algorithmen sind. Wie wir. Es wird eine sanfte Übernahme. Sie werden einfach wissen, was besser ist, und es wäre dumm, es nicht zu tun. So wie Spekulationscomputer an Börsen schon heute die besten Gewinne einfahren sowie Autopiloten bei Flugzeugen schon längst sicher steuern oder so wie Deep Blue schon 1997 Garri Kasparow im Schach besiegt hat. Jeder Arbeitsplatz bekommt einen Menschen, aber nicht jeder Mensch bekommt einen Arbeitsplatz. Erst wenn der letzte Job automatisiert ist, der letzte Tarifvertrag verhandelt und das letzte Investment getätigt, werdet ihr sehen, dass man Geld nicht essen kann. Dass ein Grundeinkommen und freie staatliche Leistungen alles ersetzen werden. Verdammt, ich meine, schon heute gibt es spanische Sexroboterbordelle.[lxxiii] Wenn wir jetzt schon so weit sind, dann gibt es keine Grenzen mehr.

Kommunismus wird nicht durch brennende Barrikaden kommen, leider. Schon gar nicht durch Parlamente. Er wird so kommen, wie vielleicht jeder Fortschritt gekommen ist, durch die technische Möglichkeit: »Fully Automated Communism«. Durch den gemeinsamen Feind sterben, der eine gemeinsame Identität formt. Er wird uns unmerklich aus der Arbeitsmühle befreien. Wenn Energie fast umsonst ist, die Produktion automatisiert und Häuser aus dem 3-D-Drucker flutschen, wenn die marginalen Produktionskosten im digitalen Zeitalter gegen null gehen, wird es schlicht zu lächerlich sein, zu unnötig, zu unproduktiv, weiter auszubeuten. Die Mühe, andere zu knechten, wird sich keiner mehr machen, wenn er lieber in den lebenslangen Ferien sein könnte. Kommunismus als die demokratische (oder algorithmische?) Kontrolle der Produktionsmittel wird keine arrangierte Hochzeit sein, kein Romantiktaumel, keine große Liebe. Er wird einfach unausweichlich sein, so, wie wenn man sich lange aneinander gewöhnt und dann noch länger bleibt. Nur Sterben gibt dem Leben Sinn? Was für ein himmelschreiender pseudochristlicher Unsinn. Um weiterzukommen, muss man Illusionen hinter sich lassen, sie sind zu schwer.

Ich sende eine SMS an Maria: »Was wäre das Leben ohne Herausforderungen?«

Sie schreibt: »Schön.«

Endnotes

i.   Seehofer, du Schnitzelkopf, die willst du jetzt verbieten? Viel Spaß in der Hölle. https://www.vice.com/de/article/4394xw/rote-hilfe-horst-seehofer-verbieten-innenministerium-linksextreme-antifa; 30.11.18

ii.   Alle Beschreibungen Originalzitate von »http://www.polizeiladen.de/polizei—security/«; 10.12.18

iii.   https://www.freitag.de/autoren/lfb/netzwitz-trotz; 10.1.19

iv.   Yuval Noah Harari, Homo Deus. Vintage, 2017, 74,4%

v.   https://www.welt.de/welt_print/article2721764/Dr-Google-weiss-mehr-als-die-Aerzte.html

vi.   »Renigungskraft« schlägt Autocorrect vor. Am Arsch. Es sind Frauen, zumindest so lange so Ungeheuer wie Seehofer noch was zu sagen haben.

vii.   http://www.songtextemania.com/lasse_redn_songtext_die_arzte.html; 10.1.19

viii.   https://www.daserste.de/unterhaltung/film/themenabend-armut-und-verschuldung/altersarmut-ursache-tipps-100.html; 11.12.18

ix.   Yuval Noah Harari, 21 Lessons For The 21st Century. Vintage, 20118, 79,91%

x.   https://www.sciencedirect.com/science/article/pii/S0749597805000336; 4.1.19

xi.   https://www.hasepost.de/hamburgs-polizeipraesident-raeumt-fehler-bei-g20-einsatz-ein-49101/

xii.   Eigentlich Stalin, doch die Aussage ist dem russischen Schriftsteller Anatolij Rybakow zuzuschreiben und stammt aus seinem Roman »Die Kinder vom Arbat«. http://dic.academic.ru/dic.nsf/dic_wingwords/834 /%D0%95%D1%81%D1%82%D1%8C v.s. unsigniert 21:25, 26. Nov. 2012 134.3.247.130; 12.12.18

xiii.   https://www.neues-deutschland.de/artikel/1042203.fuenf-gruende-in-hamburg-gegen-die-g-zu-protestieren.html

xiv.   https://www.zeit.de/2017/28/g20-gipfel-hamburg-gaeste-proteste-polizei-kosten/seite-2; 12.12.18

xv.   https://de.sputniknews.com/panorama/20170627316345200-hamburg-berliner-polizisten/; 12.12.18

xvi.   https://www.berliner-zeitung.de/berlin/polizei/exzess-in-hamburg-polizisten-hausten-in-baracken—fuehrung-logierte-im-luxushotel-27867324; 12.12.18

xvii.   https://www.focus.de/politik/deutschland/party-exzess-von-berliner-polizisten-gruppenpinkeln-und-oeffentlicher-sex-hamburger-polizei-schickt-berliner-hunterschaften-zurueck_id_7290601.html; 12.12.18

xviii.   https://www.focus.de/politik/deutschland/skandaloeses-verhalten-nahe-hamburg-berliner-polizisten-beim-g20-gipfel-wegen-exzessivem-feiern-heimgeschickt_id_7288702.html; 12.12.18

xix.   https://www.zeit.de/2017/28/g20-gipfel-hamburg-gaeste-proteste-polizei-kosten/seite-2; 12.12.18

xx.   https://www.zeit.de/2017/28/g20-gipfel-hamburg-gaeste-proteste-polizei-kosten/seite-2; 12.12.18

xxi.   https://www.berliner-zeitung.de/berlin/prostitution-in-fluechtlingsheim—sicherheitsfirma-wehrt-sich-juristisch-gegen-vorwuerfe-28720898;https://www.berliner-zeitung.de/berlin/fluechtlings-prostitution-in-berlin-aus-der-heimat-geflohen---auf-dem-strich-gelandet-26942908; 13.12.18

xxii.	https://www.zeit.de/2017/28/g20-gipfel-hamburg-gaeste-proteste-polizei-kosten/seite-2; 12.12.18

xxiii.	https://www.vice.com/de_ch/article/kzajj3/naturlich-gab-es-polizeigewalt-beim-g20-sagt-dieser-polizist

xxiv.	http://www.spiegel.de/panorama/gesellschaft/stuttgart-21-demo-120-000-euro-entschaedigung-fuer-zwei-augen-a-1122380.html; Verletzte Demonstranten klagen gegen Polizeieinsatz. In: Die Welt, 28. Oktober 2010

xxv.	http://quoteinvestigator.com/2017/03/23/same/

xxvi.	Yuval Noah Harari, 21 Lessons For The 21st Century. Vintage, 20118, 79,46%

xxvii.	https://www.freitag.de/autoren/lfb/netzwitz-trotz; 10.1.19

xxviii.	Referenz: https://beruhmte-zitate.de/zitate/134960-gunter-schabowski-das-tritt-nach-meiner-kenntnis-ist-das-sofort-un/

xxix.	Bei einem konservativ geschätzten Preis vom 40000€ und 40ct pro Mahlzeit käme man auf 100000 Mahlzeiten. https://uni.de/redaktion/sharethemeal

xxx.	http://www.faz.net/aktuell/wissen/klima/feinstaub-immer-mehr-tote-durch-luftverschmutzung-13806381.html

xxxi.	http://www.zukunft-mobilitaet.net/156686/verkehrssicherheit/risiko-fussgaenger-kollission-fahrzeug-todesfall-geschwindigkeit-tempo30/

xxxii.	http://www.mopo.de/hamburg/schwere-vorwuerfe-gegen-kretschmer-sollte-die-rote-flora-brennen--4233490

xxxiii.	http://www.stern.de/wirtschaft/ikea-und-die-steuervermeidung--zahlst-du-noch-oder-trickst-du-schon--6699224.html

xxxiv.	https://www.welt.de/politik/ausland/article13565891/Dunkle-Nazi-Vergangenheit-des-reichsten-Schweden.html xxxv.		https://www.cram.com/flashcards/der-humor-1927-sigmund-freud-2329554; 10.1.19

xxxvi.		Was, du glaubst nicht, dass wir die legitimen Nachfolger sind? Willst du mich verarschen? Lies mal, vorher unser Reichtum kommt, sicherlich nicht von der ehrlichen Arbeit von VW und Co.: http://www.exit-online.org/pdf/schwarzbuch.pdf

xxxvii.		http://www.zeit.de/gesellschaft/zeitgeschehen/2017-06/europol-islamistischer-terror-europa-2016-135-opfer

xxxviii.		http://www.epochtimes.de/politik/europa/eu-kommission-25500-verkehrstote-in-der-eu-im-jahr-2016-a2081842.html; https://www.dailysabah.com/health/2015/10/19/traffic-accidents-kill-125-million-each-year-in-the-globe-6000-in-turkey-who; 3.1.19

xxxix.		http://www.tagesspiegel.de/politik/krawalle-beim-g20-gipfel-wie-gefaehrlich-ist-die-linksextremistische-szene/20042936.html

xl.		https://www.neues-deutschland.de/artikel/1057429.vorsicht-falle.html

xli.		http://www.zeit.de/politik/2015-08/rote-flora-polizei-maria-block

xlii.		http://www.n-tv.de/wissen/Schlaue-Schueler-kiffen-haeufiger-article19779479.html

xliii.		https://daserste.ndr.de/panorama/aktuell/G20-Mythos-Nazi-Randalierer,gzwanzig266.html; http://www.bild.de/politik/inland/g20-gipfel/neonazis-geben-beteiligung-an-protesten-zu-52610408.bild.html; http://www.focus.de/politik/videos/nicht-nur-linksautonome-rechtsextreme-sollen-sich-zu-g20-krawallen-in-hamburg-organisiert-haben_id_7337105.html

xliv.		https://www.welt.de/politik/article931690/Der-Polizist-der-Rauf-auf-die-Bullen-schrie.html; http://www.taz.de/!5133691/; https://de.indymedia.org/2007/06/182334.shtml; http://www.globalresearch.ca/g20-toronto-riots-perpetrated-by-agents-provocateurs-of-the-police/20110 xlv.	http://www.spiegel.de/panorama/justiz/g20-krawalle-polizisten-ignorierten-vorgabe-von-hamburger-einsatzchef-a-1163169.html

xlvi.	https://www.youtube.com/watch?v=59l_LNJaWBE

xlvii.	http://www.abendblatt.de/hamburg/g20/article211016533/Das-Raetsel-um-die-Kosten.html; bei 48 Stunden 45138,888888889€.

xlviii.	https://www.morgenpost.de/bezirke/mitte/article134328078/50-000-Quadratmeter-Buero-Leerstand-am-Potsdamer-Platz.html; https://www.morgenpost.de/bezirke/friedrichshain-kreuzberg/article135411710/Parkhaus-am-Gleisdreieck-soll-fuer-Wohnungen-abgerissen-werden.html

xlix.	https://www.focus.de/politik/deutschland/mindestens-169-menschen-seit-wiedervereinigung-bericht-mehr-als-doppelt-so-viele-tote-durch-rechtsmotivierte-gewalt-wie-offiziell-bekannt_id_9670408.html; 10.1.19. Ja, FOCUS! Selbst der!

l.	https://m.tagesspiegel.de/berlin/gewalttaetige-politsekte-jugendwiderstand-maos-schlaeger-aus-berlin-neukoelln/23729980.html?utm_referrer=https%3A%2F%2Fwww.google.com%2Furl%3Fq%3Dhttps%253A%252F%252Fwww.tagesspiegel.de%252Fberlin%252Fgewalttaetige-politsekte-jugendwiderstand-maos-schlaeger-aus-berlin-neukoelln%252F23729980.html%26sa%3DD%26sntz%3D1%26usg%3DAFQjCNF-_CEueCzh1NlxSh_WveQYQyHKQQ; 10.1.19

li.	https://www.belltower.news/jugendwiderstand-von-der-intifada-bis-zum-volkskrieg-78939/; 10.1.19

lii.	http://fcmconference.org/img/CambridgeDeclarationOnConsciousness.pdf; 14.12.18

liii.	http://www.ndr.de/kultur/elbphilharmonie/Elbphilharmonie-,elbphilharmonie2354.html

liv.		https://www.welt.de/politik/ausland/article167791070/Es-wuerde-mich-wundern-wenn-Trump-bis-Jahresende-durchhaelt.html; 11.12.18,	https://www.newyorker.com/magazine/2016/07/25/donald-trumps-ghostwriter-tells-all; 11.12.18

lv.		http://www.zeit.de/hamburg/aktuell/2017-07/08/g20-buerger-schicken-mehr-als-1000-dateien-an-die-polizei-08214004

lvi.		http://www.mopo.de/hamburg/ruehrende-aktion-miniaturwunderland-schenkt-armen-den-eintritt-23253860

lvii.		http://www.ndr.de/nachrichten/hamburg/G20-Ende-Erst-Luftballons-dann-Wasserwerfer,gipfeltreffen556.html

lviii.		http://www.lto.de/recht/hintergruende/h/g20-versammlung-verbot-anwaelte-rav-sippenhaft/

lix.		http://www.amnestypolizei.de/sites/default/files/imce/pfds/Polizeibericht-internet.pdf

lx.		https://blog.fefe.de/?ts=a7961805

lxi.		https://blog.fefe.de/?ts=a7961805

lxii.		https://www.buzzfeed.com/marcusengert/bei-g20-protesten-weniger-polizisten-verletzt-als-gemeldet

lxiii.		Yuval Noah Harari, 21 Lessons For The 21st Century. Vintage, 20118, 81,21%

lxiv.		https://www.sueddeutsche.de/bayern/gewalt-bei-einsaetzen-warum-anzeigen-gegen-polizisten-selten-zur-anklage-fuehren-1.1353503; 6.12.18

lxv.		https://www1.wdr.de/nachrichten/ruhrgebiet/reaktionen-auf-polizeigewaltstudie-100.html;6.12.18

lxvi.		https://www.buzzfeednews.com/article/ryanhatesthis/france-paris-yellow-jackets-facebook; 6.12.18

lxvii.   https://www.toptarif.de/kfz-versicherung/wissen/brand-schaden/; 6.12.18

lxviii.   Yuval Noah Harari, 21 Lessons For The 21st Century. Vintage, 20118, 76,32%

lxix.   https://blog.zeit.de/herdentrieb/2014/09/10/immer-noch-515-millionen-unterbeschaeftigte-deutschland_7737; https://www.faz.net/aktuell/wirtschaft/arm-und-reich/steigende-kinderarmut-in-deutschland-15135343.html; 6.12.18

lxx.   https://www.vice.com/de/article/9kwgny/der-schwarze-block-raumt-in-hamburg-auf-und-wird-von-der-polizei-gestoppt

lxxi.   Yuval Noah Harari, 21 Lessons For The 21st Century. Vintage, 20118, 6,32%

lxxii.   https://www.wired.de/collection/business/automatisierung-roboter-jobs-arbeitsplaetze-studie-pwc

lxxiii.   https://www.wired.de/collection/gadgets/sex-roboter-responsible-robotics